Tucholsky Wagner Zola Scott Sydow Freud Schlegel
Turgenev Wallace Fonatne Friedrich II. von Preußen
Twain Walther von der Vogelweide Fouqué
Weber Freiligrath Frey
Fechner Weiße Rose von Fallersleben Kant Ernst Frommel
Fichte Hölderlin Richthofen
Engels Fielding Eichendorff Tacitus Dumas
Fehrs Faber Flaubert Eliasberg Ebner Eschenbach
Maximilian I. von Habsburg Fock Zweig Vergil
Feuerbach Ewald Eliot
Goethe London
Mendelssohn Balzac Shakespeare Elisabeth von Österreich Dostojewski Ganghofer
Lichtenberg Rathenau Doyle Gjellerup
Trackl Stevenson Hambruch
Mommsen Tolstoi Lenz Hanrieder Droste-Hülshoff
Thoma von Arnim Hägele Hauff Humboldt
Dach Verne Hagen Hauptmann Gautier
Reuter Rousseau
Karrillon Garschin Defoe Hebbel Baudelaire
Damaschke Descartes Hegel Kussmaul Herder
Wolfram von Eschenbach Dickens Schopenhauer Rilke George
Darwin Melville Grimm Jerome Bebel Proust
Bronner Horváth Aristoteles Voltaire Federer Herodot
Campe Barlach Heine
Bismarck Vigny Gengenbach Tersteegen Gilm Grillparzer Georgy
Storm Casanova Lessing Langbein Gryphius
Chamberlain Lafontaine
Brentano Claudius Schiller Kralik Iffland Sokrates
Strachwitz Schilling
Katharina II. von Rußland Bellamy Raabe Gibbon Tschechow
Gerstäcker
Löns Hesse Hoffmann Gogol Wilde Vulpius
Luther Heym Hofmannsthal Gleim
Roth Klee Hölty Morgenstern Goedicke
Heyse Klopstock Kleist
Luxemburg Puschkin Homer Mörike Musil
La Roche Horaz
Machiavelli Kierkegaard Kraft Kraus
Navarra Aurel Musset Moltke
Nestroy Marie de France Lamprecht Kind Kirchhoff Hugo
Laotse Ipsen Liebknecht
Nietzsche Nansen Ringelnatz
Marx Lassalle Gorki Klett Leibniz
von Ossietzky May vom Stein Lawrence Irving
Petalozzi Knigge
Platon Kafka
Sachs Pückler Michelangelo Kock
Poe Liebermann Korolenko
de Sade Praetorius Mistral Zetkin

Der Verlag tredition aus Hamburg veröffentlicht in der Reihe **TREDITION CLASSICS** Werke aus mehr als zwei Jahrtausenden. Diese waren zu einem Großteil vergriffen oder nur noch antiquarisch erhältlich.

Symbolfigur für **TREDITION CLASSICS** ist Johannes Gutenberg (1400 — 1468), der Erfinder des Buchdrucks mit Metalllettern und der Druckerpresse.

Mit der Buchreihe **TREDITION CLASSICS** verfolgt tredition das Ziel, tausende Klassiker der Weltliteratur verschiedener Sprachen wieder als gedruckte Bücher aufzulegen – und das weltweit!

Die Buchreihe dient zur Bewahrung der Literatur und Förderung der Kultur. Sie trägt so dazu bei, dass viele tausend Werke nicht in Vergessenheit geraten.

Moreau

Roman eines Soldaten

Klabund

Impressum

Autor: Klabund
Umschlagkonzept: toepferschumann, Berlin

Verlag: tredition GmbH, Hamburg
ISBN: 978-3-8424-9126-7
Printed in Germany

Klabund

Moreau

Roman eines Soldaten

Moreau schlug mit der Hand in die Luft.

Die Bretagne blendete.

Mütterliche Güte strich über seine Stirn.

Seine Wimpern zitterten. Er wollte weinen. Aber er schlief ein.

Hallo! Welch ein Lärm! Zusammenklang der blechernen Trompeten und hölzernen Schwerter. Schreie der kleinen Puppen mit Muschelaugen und grasgrünen Kleidern. Moreau tritt in die Reihe der Geschwister mit einem Papierhelm und einer Haselnußstaude als Degen.

Papa blickt über seine Hornbrille von den grauen Akten auf.

»Was willst du werden, Victor?«

Moreau salutiert: »General.«

Man lacht. Soweit man mit einem verstaubten Herzen noch lachen kann. Selbst die Akten lachen.

»Sieh da, General! Natürlich General! Madame, hören Sie nur, er will General werden! Der Tausend.«

Am Abend gab es Käse zum Diner.

Moreau aß keinen Käse.

Papa setzt die Hornbrille ab. Seine Augen hängen ihm wie Quallen aus dem Gesicht. Pfui, was für häßliche Augen, denkt Moreau.

»Du mußt den Käse essen.«

Moreau sah dem Alten starr auf die Stirn:

»Nein.«

Der Alte nahm die Haselnußstaude, die heute morgen Moreau als Degen gedient hatte.

Moreau sprang auf. Ein Puma. Er riß dem Alten den Stock aus der Hand.

»Mein Schwert,« schrie er, »mein Schwert.«

Dann warf er sich auf den Boden, biß die Zähne in die Diele und blieb die ganze Nacht so liegen.

Jeannette ist die Tochter des Bäckermeisters Renoir zu Morlaix.

Sie ist gleichaltrig mit Moreau, vierzehn Jahr.

»Ein kleines Weißbrot, bitte«, sagte Moreau. Er spart sich Sous, um Weißbrot zu kaufen.

Er hat so viel Überfluß an Weißbrot in seiner Schublade, daß er seinen Hund Rire damit zu Tode füttert.

»Wo ist Ihr kleiner Hund?« fragt Jeannette, ich sehe ihn nicht mehr.«

»Er ist tot. Er hat zuviel Weißbrot gefressen.«

Jeannette lacht.

»Oh, lala ...«

»Aber Sie leben noch, Victor, Sie essen doch auch ungewöhnlich viel Weißbrot?«

Man muß den Hund begraben.

Jeannette pflanzt eine Rose auf seinem Grab.

Ihre Hände begegnen sich.

Moreau packt sie an den Handgelenken.

Glück einer Sekunde. Glück einer Ewigkeit. Sterne läuten von allen Türmen.

Die kleine Kathedrale von Morlaix dröhnt.

Die Wälder sind voll Echo.

Der Himmel schlägt wie Meer rauschend an die Gestade seiner Brust.

Victor! Viktoria! Sieg!

Die Gartentür knarrt.

Jeannette ist nicht mehr da.

Er sinkt an einen Baum.

Die rauhe Rinde schneidet in seine Stirn.

Himmel, ein Zeichen! Gib ein Zeichen!

Winde verdüstern den Glanz.

Eine Wolke platzt donnernd.

Regen rast.

Moreau läuft durch den Garten.

Von den Nelken zu den Rosen.

Von den Rosen zu den Aprikosenbäumen. Zum Salatbeet. Zu den Kartoffeläckern, draußen, wo der braune Fluß der Felder strömt.

Die Strähnen schwarz und feucht in die Stirne hängend, verglommen und beklommen, tritt er ins Haus. Seine blaue Bluse klatscht am Körper. An seinen Sandalen klebt Lehm und Wiese.

Seine Augen sind betaut vom Regen wie zwei violette Blüten.

Madame ist entsetzt.

»Aber Victor, du blutest ja an der Stirn!«

Sie eilt, ein nasses Tuch zu holen.

Er sieht in den Spiegel: ein schmales rotes Kreuz ist in seine Stirn gepreßt. Ein Kreuz, wie es die schlanken Bäuerinnen Sonntags zum Kirchgang an einer silbernen Kette um den Hals tragen.

Der Baum! Jeannette! Das Zeichen!

»Nicht stillen, die Wunde! Mutter! Nicht stillen! Laß das Blut laufen!«

Seine Augen rollen wild und groß.

Madame fürchtet sich. Vor Stolz.

Er wird groß, ihr Junge. Er erwächst.

Sie erzählt es am Abend ihrem Gatten.

»Victor müßte ein Ritter werden.«

»Warum? Es gibt keine Ritter mehr.«

Sie blätterte in ihrer zierlichen Anthologie französischer Verse.

»Er ist tapfer und fromm.«

»Fromm?«

»Er betet jeden Abend zu Gott.«

»Zu welchem Gott? Voltaire hat die Götter abgeschafft.«

»Voltaire ist ein Dichter und braucht keinen Gott. Sein Stil ist sein Gott. Ihm mag's genügen. Aber du bist ein Advokat. Wenn du keinen Gott hast, was hast du dann?«

Er schob die Hornbrille auf die Stirn.

»Ich habe dich, meine Teure.«

Zärtlich führte er ihre Hand an seine Lippen.

Sie lächelte.

»Ich lasse mich gern durch Komplimente aufklären, aber bitte, versuch' es nicht mit Diderot bei mir. Und gönne Victor seinen Gott. Er wird schwer genug an ihm zu tragen haben. So schwer, wie eine Mutter an ihrem Kinde trägt.«

Der Advokat hörte nicht hin.

»Ich bin müde, Madame. Das Licht, bitte.«

Sonderbar, dachte sie: er ist das Sinnbild einer ganzen Generation, die müde wurde und die sich mit einer Kerze zum Schlaf geleiten läßt. Und nur bei einem öligen Nachtlicht schlafen kann.

Victor, glaube ich, fühlt sich wohler im Dunkeln.

Victor nimmt, siebzehnjährig, Dienst in einem Infanterieregiment. Er schläft mit fünfzig in einem Saal.

Der Geruch der vielen Männer betäubt ihn.

Wie ihn einst der Erdgeruch betäubte, als er mit Jeannette ins Gras sank.

Wie roch eigentlich Jeannette?

Er wußte es nicht mehr.

Oder: doch. Sie duftete wie leichter, ganz leichter Südwind.

Die Männer nahmen ihn in ihre Mitte.

Er war nun selbst ein Mann.

Das machte ihn stark.

Jeden Morgen um fünf tönte die Reveille.

Er sprang zur Tür und sah nach dem Wetter.

Rosengrau dämmerte der Osten. Der Horizont lag leer und unausgefüllt da wie ein schlaffer Schlauch.

Der Schritt der Schildwache tickte wie eine Uhr regelmäßig im Hof.

Ein alter Korporal stand am Brunnen und wusch sich.

Er stand vollkommen nackt, mit weißem, triefendem Bart wie Poseidon.

»Ah, mein kleiner Moreau. Sieh da. Gut geschlafen?«

Moreau hatte schlecht geschlafen.

Moreau hatte geträumt.

Die Narbe auf meiner Stirn läßt mich nicht ruhen.

Ich muß wie Jesus Christ mein Kreuz tragen.

»Korporal, bitte, betrachten Sie meine Stirn. Blutet sie nicht?«

Der Korporal prustete sich an ihn heran.

»Du träumst, mein Junge.«

Moreau trat an den Brunnen. Er pumpte sich einen Kübel voll.

Wie er ihn hochhob, war die Sonne aufgegangen, und ihm schien, als gösse er sich die Sonne übers Genick, so brannte ihn das eiskalte Wasser.

Moreau war ein Soldat des Königs.

Eines Tages sah er ihn von ferne: ein matter Mensch mit eleganten, nachlässigen Augen und einem funkelnden Dreispitz.

Seine linke Hand hing bösartig wie eine Schlange über den Wagenschlag.

Zu seiner Seite saß eine dicke, blond und rosa bemalte Puppe.

Ein dünnes Lächeln war ihm mit ganz feinem Pinsel um die Mundwinkel gezogen.

Moreau grüßte.

»Seine Mätresse«, sagte Moreaus Kamerad, ein welterfahrener Spanier kreolischen Geblütes, und spuckte aus. »Er hat hundert. Oder auch tausend. Wie es ihm beliebt. Und es beliebt ihm.«

»Sind sie alle so dick?« fragte Moreau betroffen und schon angewidert von einer Majestät, die ihm einst dünkte, wie ein Gestirn über den Menschen zu schweben.

»Sie sind alle so dick«, schnaubte der Spanier. »Und die meisten sind noch viel dicker.«

Ein fades, süßliches Aroma strömte durch die Allee.

»Sind das die Linden?« fragte Moreau.

»Junge: die Linden blühen noch nicht. Das ist die Mätresse des Königs, die so duftet.«

Moreau trat hinter eine Hecke und erbrach.

Der Spanier wiegte sich erheitert in den Hüften.

Moreau dachte, was für einen ehrlichen starken Geruch die fünfzig Mann in seinem Schlafsaal haben.

Sie riechen, wie Männer riechen sollen. Wie es die Natur ihnen zugeeignet hat.

Was sollte er mit Frauen: er, ein Soldat, der den Geruch der Erde, der Männer, des Weines, des Blutes und der Pferde liebte?

Er würde nie mehr eine Frau berühren.

Er erinnerte sich an Jeannette.

Aber Jeannette war dürr wie ein Knabe gewesen.

Und sie hatte geduftet: fern und leicht wie ein leiser Südwind.

Einige Tage später brachte der Spanier, der immer allerlei Neuigkeiten wußte, eine Nachricht in die Kaserne, die nur vorsichtig und im Flüsterton verbreitet werden durfte.

Moreau erfuhr sie nachmittags in einer Taverne, wo er mit dem alten Korporal und einem jungen Fähnrich, namens Rapatel, beim Roten hockte und würfelte.

Un ... deux ... trois ...

Moreau knallte den Becher auf die Tischplatte.

Dix-huit.

»Achtzehn! Holla! Das ist meine Zahl, achtzehn Augen beim Würfeln! Achtzehn Jahre bin ich alt!«

»Und achtzehn Mädchen hast du lieb«, scherzte der junge Fähnrich.

Moreau verdunkelte sich.

Der Fähnrich errötete hilflos. Da kam der Spanier, griff nach dem Becher, schlug um: sechzehn.

»Ludwig XVI.«

Er warf sein Gesicht in Falten und murmelte hinein:

»Es ist der letzte Ludwig, glaubt mir.«

Moreau stand auf:

»Ich bin ein Soldat des Königs.«

Der Spanier erregte sich nicht sonderlich und lachte tief aus der Brust heraus:

»Da bist du was Besonderes. Hör' zu.«

Sein Gesicht fiel wieder in Falten. Seine Stimme wisperte wie eine Grille:

»Der König hat gestern seinen Kammerdiener Maurice erstochen. Er beschuldigte ihn delikater Beziehungen zur Gräfin Saiten.«

Moreau taumelte an die Wand.

»Die Gräfin Saiten – war das jene dicke Dame im Wagen, vorgestern?«

Der Spanier feixte.

»Dieselbe, die dir Magenbeschwerden verursachte. Eine Deutsche. Eine Deutsche kann einem schon Magenbeschwerden verursachen. Ein dummer Kerl, dieser Maurice, verliebt sich in einen garnierten Schweinskopf.«

Moreau lehnte hilflos an der steinernen Wand.

Er löste sich auf in den Stein, der ihn stützte.

»Erstochen sagst du?« Moreau weinte wie ein Kind. »Der König hat seinen Diener erstochen?«

»Erstochen«, flüsterte der Spanier unter seinem Hut. »Es ist eine böse Zeit.«

Moreau zog seinen Degen und warf ihn schmetternd auf den Tisch, daß die Flasche barst und der Wein wie Blut über den Stahl rann.

»Ich bin nicht mehr des Königs Soldat. Der König hat meinen Degen entweiht. Entweiht die Waffe des reinen Kampfes. Ich bin Soldat. Aber kein Mörder. Und diene keinem Mörder. Brüder, lebt wohl!«

Er stürmte zur Tür hinaus in die Nacht, die ihn verschlang.

»Ein moralisches Huhn«, sagte der Spanier.

»Aber Frankreich ist voll davon. Ein ganzer Hühnerhof. Es werden bald mehr solcher Gockel zu Sonnenaufgang krähen.« Der junge Fähnrich war erbleicht: »Er spricht zuviel aus seinem Herzen.« – Der alte Korporal drehte an seinem weißen Barte.

Moreau nahm seinen Abschied vom Militär und wandte sich dem Studium der Rechtswissenschaft zu.

Es muß Gerechtigkeit auf Erden geben, auch wenn Könige ihre Diener ermorden.

Er studierte zu Rennes.

Er war der eifrigste Student, den man seit Jahren gesehen hatte.

Er entwarf einen Code der Menschlichkeit.

Und auf den Umschlag schrieb er: Tapfer und fromm.

Und wußte nicht, daß das ein Wort sei, das seine Mutter einst von ihm gesagt hatte.

Kinder reden oft die Sprache ihrer Mutter, ohne es zu wissen.

Nächtelang grübelte er über den Entwurf zu einem Kriegsrecht und zu einem Recht des Belagerungszustandes.

Der Krieg ist für die Menschen da, aber nicht die Menschen für den Krieg. Der Soldat ist für das Volk, aber nicht das Volk für den Soldaten da.

Als Moreau zum erstenmal einen farbigen Begriff vom Volk empfand, stand er auf dem Balkon seines Zimmers in Rennes und sah unten im Frühling eine Prozession schreiten. Wallendes Rot, schreitendes Blau, klingendes Gold. Männer, Frauen, Kinder.

Volk, schrie es in ihm, ich will dein Soldat werden.

König Volk. Ein Volkssoldat. Ein Gottessoldat.

Moreau entwarf den Plan zu einer Nationalgarde. Der Stand des Kriegers und des Bürgers sollte vereinigt werden.

Furcht vor den französischen Waffen, aber Achtung vor seinem Charakter heißt es fordern.

La printanière.

Moreau ist zwanzig Jahr. Er war Soldat. Er studierte die Pandekten. Aber er fühlt den Frühling.

Blumen blühen plötzlich unter allen Schritten. Schmetterlinge hüpfen wie Marionetten.

Alle Geräusche der Luft werden Lieder.

Vogelgezwitscher schwärmt um die Dächer.

Die Stadt singt. Die Bäume wandern.

Mädchen flattern erregt wie Fledermäuse durchs Dunkel. Der Abend rauscht.

Alte Herren mit silbernen Barten stampfen versonnen durch einen hellen Morgen.

Die Studenten veranstalten ein Frühlingsfest.

La printanière.

In der Lichtung des Waldes sind Tische und Bänke aufgeschlagen.

Wohlwollend promenieren Bürger und Bürgerin.

Professoren lachen schrill wie Wellensittiche.

Die jungen Mädchen wandeln zu zweien in Weiß. Gleich Göttinnen einer fernen Zeit.

Sanft und schön wie Dryaden oder Nymphen.

Alle Mädchen sind schön. Schlank und süß.

Gibt es überhaupt häßliche Frauen? denkt Moreau erstaunt.

Die Studenten singen:

> Wenn man zwanzig ist
> Mundet der Wein.
> Wenn man zwanzig ist
> Wohl auch die Liebe...

Nachsichtig applaudieren Bürger und Bürgerin.

Die Professoren lachten schrill, als hätten sie eine obszöne Anekdote angehört oder als belauschten sie Susanna im Bade.

Die jungen Mädchen stehen stumm im Halbkreis: schlank und sanft.

Moreau findet sich zu einer jungen Dame mit Veilchen im Haar und spaziert mit ihr zwischen den Bäumen.

Sie gelangen auf eine Waldschneise.

»Wohin führt der Weg?« fragt die Dame.

Moreau weiß es nicht, aber er besinnt sich, daß er Esprit zeigen muß, um die junge Dame nicht zu enttäuschen, und sagt: »Alle Wege führen zu uns selbst, Mademoiselle.«

Die junge Dame kaut einen Farnhalm zwischen ihren zagen Zähnen.

»Aber wissen wir denn, wer wir sind, wir?«

»Jeder Mensch ist ein Rätsel,« sagt Moreau, »und was Sie betrifft, Demoiselle, möchte ich mir wohl zumuten, es zu lösen.«

Die Dame erschrickt.

Sie wehrt mit der linken Hand seine Augen ab.

Sie verharrt in ihrer abwehrend entrückten Stellung.

Er will eine gleichgültige Konversation anknüpfen. Da sieht er, wie Träne auf Träne aus ihren leeren, nach innen gewandten Augen tropft.

Moreau schlingt verlegen den Arm um ihre Hüfte.

»Demoiselle – was ist Ihnen? Habe ich Sie beleidigt?«

Sie lächelt unter Tränen.

»Sie erkennen mich nicht?«

Moreau stürmt sein Leben zurück.

Er erkennt die junge Dame nicht. Er weiß, daß sie vielleicht eine anmutige Freundin sein würde, eine zärtliche Gespielin der Liebe. Aber er erkennt sie nicht.

Sie weint und lacht.

»Ich bin Jeannette!«

Er begreift, daß er kein Gedächtnis für Frauen hat, weil er ein Soldat ist, ein Soldat Gottes, ein Soldat des Volkes. Pferde- und Hunde-Physiognomien vergißt er nie.

Sie ist ein Engel. Warum vergaß er sie?

»Ich bin Jeannette«, wiederholte sie und suchte nach seiner Hand, »und bin sehr unglücklich ...«

Je länger sie spricht, desto heimatlicher wird er mit ihr vertraut.

Er hat nie mit einer Frau gesprochen, wie er mit einem Mann sprechen würde.

Und diese Frau spricht mit ihm, als sei er eine Frau: ohne Scham, ohne Hemmnis, ohne Bedenken.

Sie sei schon einige Monate in Rennes. Ob er das wisse?

Nein, er wußte es nicht. Und da er von ihrer Ehrlichkeit bezwungen wurde, sagte er, er habe auch gar nicht mehr an sie gedacht.

Jeannette zuckte ein wenig zusammen.

Dann fuhr sie fort: Sie sei hier, um den Haushalt zu lernen, bei Madame Bompard, einer entfernten Verwandten. Madame Bompard wohne in der Rue du Portier. Erinnere er sich des kleinen, einstöckigen, weinbelaubten Hauses inmitten des sauber gepflegten englischen Gartens?

Madame Bompard vermiete an Studenten.

Unter den Studenten war einer mit blonden Locken und weichen Händen. Einer von jenen Brutalen der Sensibilität. Ein Welsch-schweizer.

Er sei ihr täglich um die Schürze gestrichen. Stündlich.

Und endlich habe sie sich nicht mehr zu helfen gewußt.

Er habe ihr die Ehe versprochen. Ganz gewiß, das habe er getan. Und da sei sie ihm verfallen. –

Moreau stöhnt dumpf wie ein gepeinigtes Tier.

»Und?« fragt er. »Und?«

»– Ich werde ein Kind bekommen«, sagt sie leiser und neigt den Kopf. Die Veilchen fallen ihr aus den Haaren.

»Ich bin entehrt. Er hat mich schon verlassen ...«

Moreau sprang wie ein brünstiger Hirsch brüllend durch das Dickicht, den Welschschweizer zu suchen.

Gerechtigkeit!

Studiere ich darum Recht, um es nirgends zu finden?

Er kannte den Welschschweizer.

Er mußte ihn finden.

Er sah ihn mit einem alten Professor, der wie eine Turteltaube gurrte, in gelehrtem Gespräch sich seitwärts des Festes ergehen.

Mit einem Schrei riß er ihn zu sich heran und zwang ihn hinter ein Gebüsch.

»Lump, wirst du mir Rechenschaft geben?«

Der Welschschweizer ertrug zitternd den Schimpf.

»Wofür?«

»Für Jeannette.«

Da straffte sich seine weiche Gestalt.

Seine blonden Locken glänzten kupfern.

Seine zarten Hände wurden hart.

»Gern«, er verneigte sich höflich.

Sie zogen ihre Degen.

Moreau erfuhr, daß er einen ebenbürtigen Gegner vor sich hatte.

Ein Lump – nun gewiß – aber ein Lump, der auf der Stelle für sich einsteht.

Im zehnten Gang stieß Moreau ihm das Florett in die rechte Achselhöhle.

Der Schweizer erblaßte und klappte in die Knie.

Moreau holte einen Arzt und Träger.

Als er zurückkam, fand er Jeannette bei dem Welschschweizer.

Mit ihrem Brusttuch stillte sie die Wunde und schluchzte jubelnd.

Angeekelt und voller Zweifel über das Weib und das Recht des Weibes kehrte er in das Fest zurück.

Er hatte sich gerade einen Becher Roten geben lassen, als Geschrei von der Stadt her die Menschen aufmerken und sich zusammenrotten ließ.

Ein Reiter galoppierte auf einem Maultier gegen den Wald an.

»Es ist Krieg,« schrie er von weitem, »Krieg. Österreich hat uns den Krieg erklärt ...«

Das Volk fiel zusammen und auseinander.

Krieg ... Krieg ... Krieg rollte das Wort wie ein Kugelblitz durch das Fest, Donner des Volkes hinter sich verbreitend.

Moreau lehnte an einem Baum.

Er gedachte des Zeichens an seiner Stirn.

Er hatte heute seinen ersten Feind besiegt – oh: nein, den zweiten, der König war sein erster Feind gewesen – und war doch unterlegen, weil eine Frau ihn verraten hatte.

»Alle Frauen sind Spione des Feindes«, sagte er.

Der Rausch der Zukunft stieg ihm wie Wein zu Kopf. Es lebe der Krieg! Es lebe die Revolution! Das künftige Jahrhundert ist im Anmarsch. Schon klingen seine ehernen Posaunen aus den gesprengten Toren des Himmels. Die Pauken rasseln und Engel schreiten über den Horizont mit silbernen Fahnen aus Mond und Sonne.

Die Musik spielte die Marseillaise.

Unter den dämmernden Zweigen tanzten die Studenten und Mädchen nach der Marseillaise.

Moreau stürzt nach Hause, um ein Manifest an die Bürger von Rennes aufzusetzen.

Kein Sou für den König! Kein Krieg für den König! Man wird die Republik erklären! Sanken umsonst die Mauern der Bastille? Nieder mit dem König! Kampf des Volkes! Krieg um des Krieges willen! Reinigung der Kloake Frankreich!

Reinheit und Güte einer neuen Welt.

Die Stadt Rennes stellte eine Fahne Freiwilliger auf.

Man erwählte Moreau zu ihrem Kommandanten.

»Brüder,« rief er, »wir wollen deshalb mit ganzer Seele Soldaten sein, weil wir mit ganzer Seele Bürger sind.«

Moreau vertiefte sich in den Brunnen der Strategie.

Sein größtes Erlebnis wurde Cäsars Bellum Gallicum.

Er hatte ihn in der Schule gelesen, unlustig und nachlässig und seiner längst vergessen.

Nun las er ihn mit den Augen des Soldaten.

»Cäsar, mein Kamerad«, jauchzte er.

Besonders beschäftigte ihn bei Cäsar die Anlage des Rheinübergangs. Er konstruierte sich eine kleine Brücke aus Holz und Pappe, ganz nach den Angaben des Feldherrn, und stellte sie auf seinen Tisch.

Jeden Morgen, wenn er aufwachte, und jeden Abend, wenn er schlafen ging, sah er zuerst die Brücke.

Diese Brücke ist nur ein Nachbild der Brücke Cäsars, aber ich werde über sie in die Unsterblichkeit schreiten.

Wir müssen über den Rhein, lachte er glücklich, über den Rhein. Wenn Cäsar über den Rhein ritt, wird auch Moreau über den Rhein reiten und die grünen Fluten werden sich vor ihm teilen, wie einst die Wogen des Roten Meeres vor Mose.

Moreau übte seine Schar, hingegeben und inbrünstig, zum Waffendienste ein.

Er erhielt bei der Musterung das Lob, daß wenig alte Truppen die Waffen besser führten als die Freiwilligen von Rennes, Kommandant Victor Moreau.

Die erste Schlacht! Er ergreift die Fahne der Freiwilligen von Rennes und stürmt ihnen voran. Er ist wie ein Wind vor ihnen. Heiß und singend weht er gegen die Feinde.

Wallendes Rot, schreitendes Blau, rauschendes Gold.

Volk, mein Volk.

Er glaubt, er renne in einer Prozession.

Die Madonna erscheint segnend auf Pulverwolken.

Der Äther dröhnt in Verkündigung.

Er rennt. Stolpert. Rennt.

Als er stehen bleibt und sich umsieht, ist niemand hinter ihm.

Das Feld ist mit Leichen besprenkelt.

Wie ein Heuschreckenschwarm nach der Vernichtung ist das Feld mit den Freiwilligen von Rennes bedeckt.

Die gelben Lupinen leuchten plötzlich in blutroten Blüten.

Korn schießt blutgesättigt in die Höhe.

Die Schreie der Verwundeten und Sterbenden schwirren wie heisere Trompetentöne durch die Luft. Es regnet Blut.

Die Pferde bellen.

Einer ... ganz in der Ferne, ruft: »Mutter.«

Da faltet Moreau die blaue Fahne von Rennes zusammen und schreitet langsam, den Degen gesenkt, zurück.

Er weiß, die Schlacht ist verloren.

General Dumouriez geschlagen.

Er schreitet langsam über das Feld. Der Letzte der Freiwilligen von Rennes.

Seine Knie zittern. Er stützt sich auf den Degen wie auf einen Stock. Die Fahne schleift den Boden. Die Madonna entschwand.

Der Feind schießt nicht mehr.

Freier Abzug. Moreau knirscht mit den Zähnen. Pfui Teufel.

Er hat zu früh Viktoria geschrien.

Schon damals, als er Jeannette einen unschuldigen Kuß raubte.

Heute wollte er die Welt für Frankreich erobern. Mit einem Haufen Freiwilliger von Rennes. Lächerlich.

Er kniet vor Dumouriez nieder.

Dumouriez hat Tränen in den Augen.

»Stehen Sie auf, Kommandant. Wer vermag etwas gegen Gott.«

Gequält dachte Moreau: aber ich wollte doch für Gott kämpfen. Habe ich gegen ihn gekämpft?

Moreau lernt plötzlich das Volk auf sonderbare Art kennen.

Sind diese Soldaten noch Bürger? Sind das noch Studenten, Kavaliere, kleine Beamte, ehrsame Arbeiter?

Sind das nicht Strolche? Diebe? Räuber, Schänder und Mörder?

Ist das noch Volk?

Wenn man sie nicht in einer Zange hielte, würden sie ausbrechen und sich gegenseitig die Schädel einschlagen.

Moreau hat sich einen Wintermantel schicken lassen.

Seine Mutter legt dem Mantel ein paar selbstgestrickte Hausschuhe bei.

Moreau erfreut sich des treuen Souvenirs.

Am nächsten Morgen schon sind sie gestohlen.

Niemand weiß, wer sie hat.

Vielleicht jemand von der nächsten Brigade.

Der Dieb hat sie längst verschachert.

Vielleicht hat er sie auch aus Bosheit gestohlen und im Bach unter den Erlen ersäuft. Da mögen sie nun, sich selber genug, ins Meer schwimmen.

Oder die Stichlinge nisten darin.

Nun hat Moreau keinen Mantel und keine Schuhe.

Er friert. Ihn friert noch schlimmer als seine Soldaten.

Er ist ein Mensch des Nordens.

Einer, der von Sonne leben kann.

Wie duftete Jeannette einst? Wie ein leiser Südwind.

Nur Frauen, die Wärme verbreiten, sind erträglich.

Kalt ist man selber.

Eines Tages reitet er durch ein zerschossenes und verqualmtes Dorf.

Ein Kind hockt zitternd in der Ruine eines Backofens und weint, weil man seine Eltern erschlagen hat.

»Weine nicht,« sagt Moreau, »so blieb es dir erspart, sie zu töten, wenn du erwachsen bist.«

Neben der aufgedunsenen Leiche eines Schweines liegt ein nackter Frauenkadaver.

Moreau steigt vom Pferde.

Es ist eine Frau von etwa fünfzig Jahren. Dürre, runzlige Brüste. Ein kahler Kopf. Braune, leprazerfressene Wangen.

An der Frau ist keine Wunde zu finden.

Nur ihre Beine sind gespreizt und gekrümmt.

Sie wird von einem Stück abgebrochenen Lanzenschaftes begattet.

Moreau reitet durch den abendlichen Himmel. Der schwält rot wie eine ewige Feuersbrunst.

Ich bekomme auf einmal Nerven, denkt Moreau. Ich kann das Pack von Pöbel nicht mehr sehen. Meine Augen zittern vor dem Zwang und dem Ekel ihres Anblickes.

Ich will einen geistigen Krieg führen.

Ich will Geister bewaffnen und mit Geistern kämpfen.

Gespenster sollen meine Vorhut sein. Feurige Engel der Vernichtung.

Ich bin ein Soldat Gottes.

Himmel: warum brauch' ich dieses Viehzeug zum Kriegführen.

Ich will einen Staat der Freiheit errichten. Frankreich soll die Mutter der Freiheit sein. Ich will die Freiheit mit ihr zeugen.

Moreau ließ sich in Souhams Generalstab versetzen.

Er ist jahrelang verschollen. Er selber weiß nichts von sich.

Er lebt in einem Stapel von Geschichte, Geometrie, Geographie, Büchern, Karten und Globen.

Sein Teint leidet. Er sieht aus, als trüge er eine gelbe Maske.

Ein Pierrot, begabt mit fürchterlichem Instinkt und fürchterlichem Humor.

Er verkehrt nur mit Rapatel, den er hin und wieder zu einem Glase Kaffee zu sich bittet.

Moreau liebt den Kaffee sehr.

Zuweilen besucht er das Bordell der Madame Richepin.

Läßt sich den Tanz der Ornamente von sechs Mädchen vortanzen und unterhält sich mit einer rothaarigen Russin, deren Liebkosungen er bis zu einem gewissen Grade duldet.

Oberst Moreau ist ein charmanter Liebhaber, sagt Madame Richepin. Er strapaziert meine Kinderchen nicht. Es tut ihnen wohl, mit Oberst Moreau zusammen zu sein. Oberst Moreau, sagt die kleine Russin immer, ist ein Heiliger in Uniform. Und das mag stimmen. Er zahlt immer weit über den regulären Preis.

Moreau wird auf Vorschlag Souhams zum Brigadegeneral und bald darauf auf des Oberbefehlshabers Fürwort zum Divisionsgeneral ernannt.

Souham charakterisiert ihn: fanatisch fleißig, ungewöhnlich scharfer Blick, erstaunliche Geistesgegenwart. Kalt und heißblütig und voll innerer Leidenschaft zur Vernunft und zur Mathematik.

Moreau ist zweiunddreißig Jahre alt, als er General wird.

Er sendet seinem Vater einen Eilboten mit einem Brief, der unterzeichnet ist: Moreau, General der Nordarmee.

Der Bote trifft den Advokaten in seinem Café unter den Arkaden. Der Alte hält es nicht einmal für der Mühe wert, nach Hause zu gehen und seine Gattin zu benachrichtigen.

»Schlechte Scherze«, brummt er und nimmt einen Kirsch.

Aber schließlich muß er es glauben.

Seine Gattin begibt sich sofort an das Backen eines bretonischen Kuchens.

»Wenn nur das Mehl jetzt nicht so teuer wäre«, seufzte sie.

»Und außerdem wird er verwöhnt sein. Einem General kann's kein Mensch recht machen.«

Moreau stand vor seinem Spiegel und betrachtete sein vermaledeites Knabengesicht. Zweiunddreißig Jahre alt und General. Aber ich bin zweiunddreißig Jahre alt. So alt. Ich weiß nicht einmal mehr, wie meine Mutter aussieht.

Und meinen Vater hab' ich ganz vergessen.

Hab' ich überhaupt einen gehabt?

Ich möchte so gern an die unbefleckte Empfängnis meiner Mutter glauben.

Wenn ich für Gott streiten will, muß ich ein Gottessohn sein. Aber nicht der Sohn eines Advokaten. Eines advocatus diaboli.

Rapatel beglückwünschte ihn zu seiner Ernennung.

Rapatel erbleichte und errötete, als er ihm die Hand drückte.

»Rapatel,« sagte Moreau und ließ sein Herz sprechen, »darf ich Sie als meinen Adjutanten einfordern? Wollen wir nicht zusammenbleiben? Wir haben doch beide keinen Menschen. Nicht wahr, wir sind einsam?«

Christophe ist auf einmal da. Niemand weiß woher.

Man hängt ihm die große Trommel um.

Abends spielt er Flöte.

Moreau läßt ihn in sein Zelt kommen.

Der Knabe tritt mit einer Verbeugung ein wie ein Edelmann.

Moreau schenkt ihm Nüsse und Früchte.

»Kannst du mir ein Lied spielen,« sagt Moreau, »wie man es sang, als noch Friede war?«

Der Knabe bläst auf seiner Flöte ein Menuett von Rameau.

Der Wachtposten lauscht.

Eine Marketenderin äugt durch das Loch des Zeltes.

Eine süße Melodie.

Und ein süßer Knabe.

Moreau betrachtet den Knaben. Er ähnelt Jeannette.

Moreau hat Jeannette noch nicht vergessen.

Das ist lächerlich, denkt Moreau, daß ich ein dummes Frauenzimmer wie Jeannette nicht vergessen kann.

Er lauscht dem Menuett.

Er wird schwach und schwächer.

Schon hebt er die Stirn. Die Füße. Und umschwebt graziös die kleine Jeannette, die sich ihm als Partnerin bietet.

Die Töne des Menuetts flattern wie goldene Nachtigallen und Lerchen.

Das ganze Zelt zwitschert.

Moreau erhebt sich vom Kartentisch.

Er tritt auf Christophe zu und küßt ihm die Stirn.

Die Marketenderin hat gesehen, daß Moreau den Knaben auf die Stirn küßte.

Das ganze Lager weiß, daß Moreau ein Verhältnis mit dem Knaben Christophe hat.

Christophe spielt jeden Abend auf seiner Flöte vor dem General.

Nach dem Konzert erwartet ihn die Marketenderin, eine böse, schwarzhaarige Person, mit grellen Augen und geilen Brüsten.

Christophe ist entsetzt von ihr. Aber er wagt nicht, sich ihr zu entziehen.

Sie lehrt ihn Dinge, die ihn zugleich betrüben und entzücken.

Und sie erzählt ihm von der großen Welt, von den vielen Städten der bunten Länder.

Christophe ist fünfzehn Jahre alt.

Er wird noch viel lernen und noch mehr vergessen lernen müssen.

Moreau verliert die einzelnen Menschen aus den Augen.

Er sieht nur Masse, Materie für seinen Geist, Wachs für seine Hand.

Phidias, denkt er, muß ein solches Gefühl gehabt haben, als er die Statue des Zeus schuf, wie ich, wenn ich meine fünfundzwanzigtausend Mann in Form bringe.

Manchmal, wenn ich mir ihre Stellung auf Papier male, sieht es aus wie eine mysteriöse Blüte, in einem fremden Garten gepflückt. Oder wie ein Seestern. Und im Grunde ist der Aufbau eines Ahornblattes und eines Heeres dasselbe.

Auch das Ahornblatt wird angegriffen: vom Herbst, der es umflügelt und zu Boden wirft.

Und aufgelöst wird es zu Staub wie die Leiber meiner toten Soldaten.

Moreau sah dem Tod jetzt ohne Bewegung ins Antlitz. Er sah ihn täglich, stündlich, und schließlich wußte er nicht mehr, daß er neben ihm stand.

Tote Infanteristen beunruhigen ihn wenig.

Tote Kavalleristen, weil sie seltener waren, machten ihn bisweilen nachdenklich.

Eines Tages aber sah er einen toten Igel in einem Graben.

Das Ereignis erschütterte ihn. Das war selten und seltsam: ein toter Igel. Was gehen mich die toten Menschen an: ich habe ihrer zuviel.

Ein toter Igel aber verwundert mich.

Er mußte lange nachdenken, um zu begreifen: ein toter Igel ...

Er hatte immer nur lebende Igel gesehen. Er wußte nicht, daß Igel auch sterben können.

Er ließ den Igel bestatten in einer kleinen Kiste.

Christophe mußte mit seiner Flöte einen Trauermarsch blasen, und Rapatel zimmerte und schnitzte ein kleines Kreuz, darauf ritzte er diese Worte:

Ci gît un hérisson.

R. I. P.

Zehn Festungen in Belgien und Holland hatte Moreau zu erobern.

Wenn er die Karte betrachtete, auf der sie mit allen Forts und Werken und Schanzen eingezeichnet waren, wie ein Himmel großer und kleiner Sterne, glaubte er das Firmament zu betrachten.

Nachts ließ er sich von Christophe einen Feldstuhl vors Zelt rücken und blickte einsam in den wolkenlosen Himmel.

Niemand durfte ihn stören. Nicht Rapatel. Nicht Christophe.

Ich muß den Großen Bären erobern. Den Orion. Den Fisch. Die Wage. Den Wassermann.

Unendlich viele Sterne muß ich erobern, ehe ich Ruhe habe. Und zuletzt bleibt immer noch die Venus und der Polarstern.

Ein Feldherr sollte nur Astronomie studieren.

Nicht jeder weiß, wann seine Sonne aufgeht, wann sie im Zenith steht, wann sie sinkt.

Kein Aberglaube: aber Glaube ist vonnöten.

In sechs Monaten eroberte Moreau zehn Festungen.

Es wurde Winter.

Reif lag über jedem Morgen.

Pichegrue erkrankte. Moreau übernahm den Befehl über die gesamte Nordarmee.

Er setzte der Flotte des Erbstatthalters nach. Sie versuchte zu entfliehen. Er holte sie ein: galoppierte mit einer Kavalleriedivision über den gefrorenen Zuidersee und attackierte die eines Abends in den Schollen festgefrorenen Fregatten mit seinen Dragonern und Kürassieren.

Die größenwahnsinnigen Glaser- und Metzgermeister des Nationalkonvents, die fern vom Schuß in Paris mit elenden Beschlüssen tagten und mit üblen Weibern nächtigten, dekretierten: alle gefangenen Soldaten des Königs von Hannover sind zu erschießen oder zu erhängen.

Moreau spie dem Stafettenreiter, der ihm diesen Befehl überbrachte, ins Gesicht.

»Ich bin ein Soldat«, sagte er. »Sagt den Herren in Paris, meinen Kopf können sie bekommen, wenn das Vaterland sich mit ihnen identifizieren sollte, aber nicht den Kopf eines gefangenen Hannoveraners.«

Der Kurier, welcher gehofft hatte, mit dem Haupt eines hohen hannoverschen Offiziers als Pfand des ausgeführten Befehls nach Paris zurückzukehren, erscheint mit leerer Tasche.

Die Herren vom Konvent beißen sich auf die Lippen.

Kein Patriot, dieser Moreau.

Es geht das Gerücht, Moreau habe, als die Flut bei Cadsand einen Kahn umwarf, einem kriegsgefangenen feindlichen Soldaten schwimmend das Leben gerettet.

Einer im Konvent, ein Herr mit Koteletten und einem freundlichen, arglosen Blick (wie es hieß, ein Arzt), erinnerte daran, daß Moreau in Morlaix in der Bretagne einen alten Vater wohnen habe.

Er besitze Beweise, daß dieser alte Advokat sich royalistischer Umtriebe und Konspirationen gegen die Republik schuldig gemacht habe.

Und er zog zum Erstaunen der Abgeordneten ein Paket Akten unter seinem Sitz hervor, welche die Schuld des alten Advokaten darzutun geeignet waren.

Einen siegreichen, von seinen Truppen vergötterten Feldherrn des Ungehorsams zu bezeihen, dies sei, sagte der freundliche und arglose Herr, ein gewagtes und lieber nicht versuchtes Unternehmen.

Man möge ihn zur Strafe, und der Arglose wandelte sich tückisch, in seinem Herzen treffen ...

Moreaus Vater starb unter der Guillotine, am 28. Juli 1794. Denselben Tag, als Moreau die Insel Cadsand, trotz stärksten feindlichen Feuers und verzweifelter Gegenwehr, eroberte.

Die letzten Worte des Ermordeten waren: »Mein Sohn!«

Madame Moreau, die man gezwungen hatte, dem Schauspiel beizuwohnen, brach ohnmächtig am Schafott zusammen.

Man trug sie nach Hause, und sie genaß eines toten Kindes.

Die Stadt witzelte über diese Geburt.

Herr Moreau war siebzig Jahre alt gewesen.

»Sieh da, eine artige Frau. Ergattert nach einem halben Dutzend Kinder und sechzig Jahren noch einen Liebhaber. Wer mag es wohl sein. Der lahme und übelriechende Laternenanzünder Clermont? Und wird sie nunmehr Madame Clermont heißen?

Was wird ihr großer Sohn zu seinem neuen Vater sagen?«

Madame Moreau hörte hinter den geschlossenen Fensterläden die Stimme des Pöbels lärmen.

Sie saß hoch und wie eine Heilige im Erker ihres kleinen Hauses bei einer Kerze, das tote Kind in einem Glase Spiritus vor sich auf dem Fensterbrett, und sagte: »Ein Kind der mörderischen Zeit. Alle

Frauen werden nur noch tote Kinder gebären. Es wird durch Vererbung nur noch tote Menschen geben.«

Madame Moreau lachte still für sich.

»Sie ist verrückt«, sagten die Leute der Stadt.

»Sie muß ins Irrenhaus. Sie ist eine Royalistin.«

Moreau sah den Tod seines Vaters wie eine Vision am Himmel.

Es war ein stürmischer Abend.

Die Kanonen von Cadsand vermischten sich mit dem Donner des aufsteigenden Gewitters.

Wolken zischten zusammen und nahmen die Form einer Guillotine an.

Viele kamen herbei, rot, als Henkersknechte gekleidet.

Sie schleiften eine graue Wolke heran.

»Vater«, schrie Moreau.

Da sauste blitzend das Messer der Guillotine nieder.

Der Himmel fiel ins Dunkel.

Meer rann rollend ins Meer.

Nacht war da.

Moreau erwachte fiebernd. Christophe spielte die Flöte.

Aber das Fieber wich nicht.

»Hast du einen Vater, Christophe?« fragte Moreau.

Christophe schüttelte den Kopf.

»Hast du eine Mutter, Christophe?«

Christophe schüttelte den Kopf.

»Ich weiß nicht, wer mich in die Welt gesetzt hat. Vielleicht hat mich ein Kuckuck ausgebrütet. Oder ein Delphin hat mich an den Strand geworfen.«

Rapatel brachte einen Arzt.

Einen freundlichen Herrn, der das Französische mit italienischem Akzent sprach.

Er bediente sich schmaler, frauenhafter Hände, und seine Manipulationen wurden schmerzlos und gütig ausgeführt.

Er kochte alle Getränke und Medizinen selbst.

Er erlaubte niemand den Zutritt zu Moreaus Krankenbett.

Nach acht Tagen war Moreau wiederhergestellt.

»Eine schwere Woche haben wir hinter uns, mein Herr«, sagte Moreau, und eine Möve kreuzte kreischend seinen Blick.

»Es ist gut, wenn man das sagen kann: hinter uns«, erwiderte höflich der Arzt. »Es ist unerfreulicher, sagen zu müssen: Schlimmes steht uns noch bevor.«

»Wer weiß,« sagte Moreau, »ob dem nicht so ist.«

Sie schritten durch die Lagergasse.

Ein alter Korporal warf den Hut in die Luft.

»Vive Moreau!«

»Vive la France!« entgegnete Moreau.

»Ist es Ihnen damit so ernst?« fragte der Arzt.

»Womit?«

»Mit diesem: Vive la France.«

Moreau stutzte.

Der Arzt bestand hartnäckig:

»Hat Frankreich nicht frevelhaft an Ihnen gehandelt, um ein mildes Wort zu gebrauchen. Kann man es noch lieben, wie es sich gibt: wüst, roh, maßlos, terroristisch, kurz: revolutionär ...«

Sie hielten auf einen kleinen Hügel zu.

Unter einem platanenähnlichen Baum warf sich Moreau erregt ins Gras und lud den Arzt ein, neben ihm Platz zu nehmen.

»Frankreich,« sagte Moreau, »das sind nicht die Franzosen des Konvents.«

»Aber sie scheinen es zu sein«, gab der Arzt vorsichtig zu bedenken.

Die Ebene breitete sich vor ihnen aus.

Schmetterlinge stiegen aus den Wiesen und Rauch aus den Dörfern.

Die Luft vibrierte. »Dies alles gehört Ihnen«, scherzte der Arzt und strich mit der Hand über den Horizont.

Moreau grübelte.

»Woher sind Sie so bibelkundig –«

»Wissen Sie, wer ich bin?«

Moreau sah auf.

»Ein Freund Pichegrues.«

»Er ist ein Verräter. Ich weiß. Ich soll ihn im Oberkommando ersetzen und den Oberbefehl über die Nordarmee übernehmen. Ich habe heute das Patent empfangen.«

Der Arzt knirschte.

»Habe ich meine Mission zu spät angetreten?«

Er hatte sich erhoben und stand aufgerichtet neben dem Baum.

Moreau zuckte mit keiner Wimper.

»Sie sind ein Jesuit. Die Bourbonen schicken Sie.«

Der andere nickte, kaum verwundert.

Moreau sprach in die Erde hinein. Er spielte mit einem Maulwurfshügel. Der lockere Sand lief zwischen seinen Fingern durch.

»Pichegrue ist unvorsichtig. Man wird ihn köpfen. Sagen Sie das den Bourbonen. Vorläufig will ich meinen Kopf noch behalten.«

Der andere, höflich:

»Aber Ihr Herr Vater hat, wie mir scheint, schon keinen Kopf mehr.«

Die große Ader auf Moreaus Stirn schwoll.

»Ich pflege zu wissen, was ich tue. Ich tue alles, was ich weiß. Ich weiß viel. Gehen Sie.«

Der andere verneigte sich und schritt langsam den Hügel herab ins Lager.

Moreau lag im Grase.

Einmal nur träumen dürfen! Ein Schlaf mit wolkigen Träumen. Sanften Kindern. Spielenden Blumen. Tanzenden Sternen. Ein Traum ohne Soldaten. Ich habe noch nie im Leben geträumt. Ich sehe alles, wie es ist. Ich muß immer handeln. Ich werde noch bersten vor Taten. Ich werde Taten wie Hagel in die Welt schleudern. Eisblumen sollen vor meinem Hauch an allen Fenstern frieren. Dies Volk, dies Gemensch, verdient nicht, daß man seinetwegen lebt, seinetwegen stirbt. Ich speie darauf, in seinem Gedächtnis unsterblich zu sein. Denn es ist stinkend wie eine faule Pfütze. Ich werde dich abschwören, Volk.

Ich will mein eigenes Volk sein.

Als Moreau den Namen Bonaparte hörte, stutzte er.

»Bonaparte? Das ist kein Franzose. Und er will Franzosen befehlen?«

»Der Konvent heischt es.«

Moreau sinnt: eigentlich habe ich nichts in der Hand als meine Siege. Und diese Siege sind wiederum auch nur dazu gut, neue Siege zu erringen. Aber Macht: habe ich Macht? Was kann ich gegen eine Herde von Eseln, Konvent genannt. Sie fressen Heu und denken Dreck.

»Bonaparte ist ein Italiener?«

»Ein Korse, General.«

In Korsika regiert die Blutrache. Also ist er nach Frankreich gekommen, um sein Blut zu rächen. Wir werden gut tun, unser Blut zu hüten.

Bonaparte ... wir werden sehen, ob er das gute Teil erwählt hat.

Drei Heere sollen wie drei Pfeile auf ein Ziel, das Herz Österreichs gerichtet, in Aktion treten: Die Sambre- und Maasarmee unter Jourdan. Die italienische Armee unter Bonaparte. Zwischen beiden Moreau mit der Rhein- und Moselarmee.

Der Feldherr, der damals den Franzosen am Rhein gegenüberstand, Erzherzog Karl, ist allein berufen, Moreaus Kriegskunst zu würdigen. Er hat es getan in der strategischen Darstellung des Feldzuges von 1796. Der genaue Titel seiner Schrift lautet: »Grundsätze der Strategie, erläutert durch die Darstellung des Feldzuges von 1796 in Deutschland. Mit Karten und Plänen. Wien 1814. Drei Teile.«

Moreau weiß, daß die Zeit gekommen ist, über den Rhein zu gehen.

Ich habe nicht umsonst den »Bellum gallicum« gelesen, denkt er fröhlich.

Er führt die Brücke, die er einst aus Holz und Pappe verfertigte, noch immer mit sich herum.

Er zeigt sie Christophe.

»Sieh, auf dieser Brücke werden wir über den Rhein schreiten.«

»Wer?« fragt Christophe leise.

»Achtzigtausend Mann Infanterie und siebentausend Mann Reiter.«

»Die Brücke ist so klein, daß ich sie mit Daumen und Zeigefinger der rechten Hand emporheben kann.«

»Du kannst die ganze Welt mit Daumen und Zeigefinger emporheben wie diese Brücke, wenn du den richtigen Moment und die richtige Stelle erfaßt. Du brauchst nur einen richtigen Gedanken zu haben, und die Welt ist vernichtet.«

»Ich will keinen richtigen Gedanken haben, denn ich will nicht, daß die Welt zugrunde geht«, flüsterte Christophe.

Moreau streichelte ihm das Haar.

»Guter Junge. Ich habe doch einen Traum. Das bist du.«

Eine dunkle Nacht.

Aber zu hell für Moreau.

Dann und wann fliegen Sterne wie goldene Fliegen hinter den Wolken hervor.

»Eine Fliegenklatsche her!« schreit Moreau. »Verdammtes Gesindel!«

Ha! jetzt steigen die Raketen aus den Geschützen auf.

Ein Feuerwerk wie in Rennes bei den Studentenfesten. Und er ist jetzt der Feuerwerker.

Drauf auf Kehl. In sechs Stunden ist es genommen.

Die befestigte Feldstellung bei Renschen wird überrannt.

Marsch. Vorwärts. Marsch. Marsch.

»Werdet ihr laufen, ihr Kerle. Werdet ihr singen, ihr Schweine.«

»Vive Moreau! Vive la France!

A bas l'Autriche! A bas l'alliance!

Moreau est notre espérance.

En avant! En avant! Il avance. Il avance.«

Die Zunge schlappt den Infanteristen bis in den Staub der Straße. Die Pferde knicken mit den Beinen zusammen, wie weiland der König nach einem Besuch bei der Gräfin Saiten.

Marsch. Gefecht. Marsch. Gefecht.

Schlacht bei Rastatt. 5. Juli. General Latour wird geschlagen.

Herren-Alb 9. Juli.

Der Erzherzog flüchtet hinter den Neckar zurück.

Die Türme von Ulm wachsen aus der Ebene.

Der Erzherzog beißt verzweifelt um sich wie ein Köter.

Siebzehn Stunden ringen sie ineinander verbissen bei Neersheim am 11. August.

Moreau läßt nicht locker.

Bürger gegen Adel.

Republik gegen Monarchie.

Zukunft gegen Vergangenheit.

Moreau eilt über die Donau. Über den Lech. Er besetzt Augsburg.

Jourdan nähert sich mit seinen Armeen Regensburg. Steht nur noch sieben Meilen davon entfernt.

Moreau erwartet den Anschluß Jourdans an seinen linken Flügel.

Er schickt einen Adjutanten nach dem andern.

Jourdan hört nicht auf ihn.

Jourdan will der erste in Österreich sein.

Er wiehert hochmütig:

Er brauche Moreau nicht. Er werde allein mit diesem Erzherzog fertig. Dem werde er es beibringen, seine Stiefel zu putzen und seine Pferde zu füttern. –

Der Stiefelputzer und Pferdeknecht wendet sich in verschleierten Märschen gegen Jourdan. Er schlägt ihn aufs Haupt.

In Düsseldorf vermag Jourdan kaum die Reste seines Heeres zu sammeln. Er muß über den Rhein zurück.

»Alle müssen unfreiwillig über den Rhein zurück, die ihn nicht mit mir überschritten haben«, sagt Moreau zu Christophe. »Aber ich werde gehen, wenn ich gehen muß. Man muß selber sein Schicksal spielen, auch sein schlimmes. Schicksal heißt nur Einsicht.«

Moreau ist vollkommen vom Feinde eingeschlossen. Latour steht in seinem Rücken. Der Erzherzog wartet am Oberrhein. Fröhlich schmeißt die Franzosen aus Immenstadt und Kempten.

Als Moreau von der Auflösung der Heere Jourdans hört, verfärbt er sich. Er hatte nur an einen Rückzug geglaubt.

Nun: wieder einmal stehe ich allein. Ganz allein für mich. Aber ich stehe.

Mir gegenüber sind drei, und ich bin einer.

Ein Tier mit drei Köpfen und ein Mensch mit einem Kopf.

Wir werden sehen.

Moreau nimmt sein Heer auf die Fittiche seines Glaubens und seiner Zuversicht und entfliegt wie ein Adler dem Feinde.

Ein Wunder.

Er schien keine andere Wahl zu haben als Vernichtung oder Gefangenschaft.

Die Straßen sind aufgeweicht wie Sümpfe.

Es regnet Tag und Nacht. Er hat fünfzig Meilen gut, bis er sich Ruhe gönnen darf.

Er fliegt. Er fliegt.

Erstaunt sieht er die Heere seines Gegners unter sich im Nebel.

Ihn trägt die Sonne.

Ein blauer Himmel betaut seine Augen.

Er überfliegt den Schwarzwald – und stößt nieder wie ein Geier.

Der Feind ist geschlagen, fünftausend Gefangene, zwanzig Kanonen läßt er in seiner Hand.

Moreau ist wieder auf der Erde.

Er schlängelt sich wie ein Drachen durch das Höllental nach Freiburg.

Das Tal ist von den Österreichern besetzt.

Er speit sie an mit Rauch und Feuer, und sie ersticken.

Moreau hat Frankreich gerettet. Paris hallt vom Jubel seines Namens. Man verkauft Fahnen mit seinem Bildnis. Die Straßenverkäufer schreien: »Kaufen Sie einen kleinen Moreau für vier Sous!«

– Und haben ganze Stellagen voll tönerner Moreaus.

Ein Parfümeur bringt eine feinriechende Seife »Moreau« auf den Markt.

Jedermann wäscht sich mit »Moreau«.

Die Kinder spielen »Moreau«.

Die Frauen singen:

»Moreau est notre espérance!«

Aber sie denken an anderes als die Straßenhändler, Kinder und Erfinder wohlriechender Seifen.

Sie denken an Moreau und meinen den Frieden.

Das Direktorium und sein Gegner, der Erzherzog, nennen den Rückzug Moreaus eine der merkwürdigsten Unternehmungen in der Kriegsgeschichte aller Zeiten.

Moreau schickt sich an, von neuem gegen den Schwarzwald vorzudringen, da trifft ihn die Nachricht vom Abschluß des Vorfriedens zu Leoben. Er wacht eines Morgens auf, und es ist Frühling. Es ist Friede. Wie ein Schuljunge, der Ferien hat und keine Aufgaben mehr zu machen braucht, taumelt er durch die Sonne.

Er läßt Alarm blasen. Freut sich, wie das Lager wild und zwecklos durcheinanderwimmelt.

Dann läßt er das Korps, in dessen Mitte er sich befindet, in Karree antreten.

»Brüder! Bürger! Soldaten! Es wird Friede ...«

Er stockt. Kann nicht weiterreden. Tränen rinnen ihm über die Wange.

Soldaten und Offiziere umarmen sich.

»Nach Hause! Zu unsern Frauen! Zu unsern Kindern! Zu unsern Seelen! Seht die Veilchen an den Ufern der Bäche, das grünende Gesträuch, das dunkle Laub des neu erwachten Waldes.«

»Es lebe der Frühling! Es lebe der Friede! Es lebe Moreau!«

Der Zeichner Boubourouche, welcher beauftragt ist, Moreau für den Konvent zu zeichnen, trifft im Vorzimmer des Hotel Moreau in

Paris eine kleine elegante Figur in kurzen Hosen: hohe glatte Stirn, schwarze Haare und klare, blaue Augen, die mit einer kindlichen Inbrunst in die Welt sehen.

»Haben Sie die Güte,« wendet sich der Zeichner an den jungen Mann, den er für einen Pagen oder Bedienten Moreaus hält, »mich Ihrem Herrn zu melden.«

»Mein Herr ist die Republik«, tönt die gefällige Antwort.

Der Zeichner streift mit einem ärgerlichen Blick den Kleinen.

»Sie sollen mich, bitte, bei Ihrem Herrn, dem General Moreau, melden.«

Der Kleine springt höflich und exaltiert auf ihn zu:

»General Moreau, mein Lieber – das bin ich.«

»Ich habe den ehrenvollen Auftrag,« stotterte verblüfft der Künstler, »den siegreichen Feldherrn, den bedeutenden Organisator, den großen Menschen für den Konvent zu zeichnen. Darf ich um eine Sitzung bitten?«

»Wollen Sie mich in dieser Maske zeichnen? Mit einer spitzen, gelben Tüte auf dem Kopf und den Feldherrnstab in der Rechten?«

Der Künstler findet sich wieder zurecht.

»Sie werden bitter, mein General. Nicht mit Unrecht. Das Vaterland schuldet Ihnen viel. Man hängt ein Porträt von Ihnen im Konvent auf –«

»Zwischen einem Porträt und seinem menschlichen Abbild pflegt der Konvent manchmal keinen großen Unterschied zu machen.«

»Man stellt eine Büste von Ihnen im Pantheon auf – gut – was bedeutet das? Wenig. Oder nichts. Eine Farce.«

Moreau läßt sich in einen Lehnstuhl fallen.

»Darf ich Sie fragen, weshalb Sie einen Auftrag angenommen haben, der Ihnen – nicht wahr? – so wenig zu bedeuten scheint.«

Der Zeichner hat seinen Block hervorgezogen und zeichnet emsig mit gekräuselter Stirn.

»Ich bin nicht der, der ich scheine ...«

Moreau lehnt den Kopf an den roten Samt des Stuhles zurück und blickt zu den Putten und Amoretten an der Decke.

»Wie sie spielen, ganz spielender Stein. So ernst gefaßt. So leicht gewollt. Die Kunst ist etwas Großes.«

»Es ist größer, ein Heer zu führen. Am allergrößten: ein Volk.«

Der Maler sagt es wie zerstreut.

Moreau spricht langsam und kaut jedes Wort in seinem Munde: »Ich hasse das Volk, nachgerade, einzeln und in Masse. Was wollen Sie von mir? Es ist Friede. Können die Bourbonen noch immer nicht schlafen, wenn sie nachts an Frankreich denken?«

»Sie träumen auch am Tage von Frankreich.«

Der Zeichner strichelt an seinem Blatt.

»Man will eine Diktatur errichten. Bonaparte ist aus Ägypten zurückgerufen. Man schwankt zwischen Bonaparte und – Ihnen. Die Tugend und ihr Recht, General, ist auf Ihrer Seite. Warum zögern Sie? Ein Wort – und Sie sind Frankreichs Konsul. Das Volk liebt Sie. Es fürchtet Bonaparte.«

»Ich hasse das Volk. Darum wünsche ich ihm Bonaparte. Er wird es zugrunde richten. Ich werde denken: er ist das Werkzeug meiner Hand – weil meine Hand ihn gewähren ließ –, wenn er Frankreich quält. Denn es kostete mich – kaum ein Wort, nur eine winzige Tat, und Frankreich segelte nach meinem Winde. Aber ich bin Soldat. Nur Soldat. Verstehe mich nicht aufs Regieren. Nehmt den kleinen Korporal.«

Der Wagen rauscht durch die herbstliche Landschaft. Nebel hängt sich an die Flanken der Pferde.

Wohin fahre ich?

Moreau vergräbt sich in die Polster einer zärtlichen Vergangenheit. Noch schwärmt der Duft süßester Demoisellen verstaubt in den Nähten der Kissen, in den Ritzen der Fenster. Noch schwingt ein Hauch galanter Worte in den wehenden Gardinen.

Die süßesten Demoisellen wurden wilde Panther, die mit den Zähnen ihre Opfer zerrissen.

Die lispelnde Galanterie verklang im Gebrüll der Carmagnole.

Der König, – wenn er ein wenig vernünftiger gewesen wäre?

Aber Könige sind nie vernünftig.

Es hat ihn gereizt, das Schicksal, das er über sich aus den Lüften hereinbrechen sah, herauszufordern.

Was tat er, Moreau, anderes?

Der Bonaparte ist ein böser Hund, den man zertreten sollte. Er wird noch einmal die Tollwut kriegen. Die Inkarnation des Pöbels. Vom Pöbelwahn geboren. Im Meer des Volkes an den Strand getrieben. Eine ganz gewöhnliche Muschel, die vortäuscht, eine Perle zwischen ihren Schalen zu verbergen.

Ein Italiener! Ein Korse!

Das Volk braucht zur Anbetung immer ein Fremdes, Unbegreifliches, eines, das aus der Ferne kommt, die niemand kennt, von den Felsen Korsikas, aus der Bläue eines heißeren Himmels, im Blut die Rache seiner Väter fühlend.

Mein Vater war nur ein harmloser Advokat.

Advokaten liebt das Volk nicht. Es will betrogen, aber nicht verteidigt sein. Angeklagt will es werden. Ausgepeitscht. Gemartert und bespien. Dann leckt es verzückt seinem Quälgeist die Schuhe und frißt aus der Hand.

– Es dunkelt.

Der Wagen hält. Ein einsames Gasthaus liegt, wie aus dem Himmel gefallen, gleich einem Klotz im unfreundlichen Nebel. Der Kutscher steigt vom Bock und öffnet den Schlag.

»Mein Herr, wir müssen übernachten ...«

Moreau wird mißtrauisch: »Was ist das für eine zweifelhafte Bude? Ihr seid bestochen. Wohin fahrt Ihr mich?«

Der Kutscher zuckt nachsichtig die Achseln.

»Eine schlimme Zeit. Aber ich bin nicht befähigt, sie zu verschlimmern.«

Moreau ragt im Nebel vor dem Wagen wie ein Meilenstein. Eine schmierige Funzel hängt wie ein Lampion trübe über ihm. Rechts stehen lange Reihen steifer Gespenster, welche die hölzernen Giraffenhälse nach Moreau recken.

Ich könnte jetzt in den Wald entlaufen, überlegt Moreau. Man würde mich nicht finden bei einem solchen Nebel.

Laut sagt er: »Ihr kennt Bonaparte?«

»Ja – und ich kenne Euch – und Sie kennen mich ... Treten Sie nur unter das Haustor dort. Der Regen durchnäßt einen bis auf die Haut. Wir bleiben die Nacht hier.« –

Moreau sah die schlanken, eleganten Hände des Kutschers:

Wo habe ich nur mit diesen Händen schon zu tun gehabt?

Streichelten sie nicht einst einen Fiebernden und lagen kühl und fest auf seiner Stirn? Und dieser gute Glanz der Augen!

»Warum kommt Ihr immer wieder zu mir? Glaubt Ihr, daß ich krank bin?«

Der Kutscher sagte:

»Sie sind krank, General. Ich will Sie heilen, wie ich Sie schon einmal geheilt habe.«

»Ich habe den Maler neulich zur Tür hinausgeworfen.«

Der Kutscher lachte höflich.

»Oh, das hat nichts zu besagen. Sie werden ihn übrigens ebenfalls hier im Hause vorfinden. Dazu jemand, den Sie schwerlich hier vermuten werden. Treten Sie, bitte, ein.«

Er stieß die Tür auf (mit einem seiner schweren Stiefel: es machte ihm ersichtlich Vergnügen, Kutscher zu sein) und ließ Moreau eintreten. In einem gekalkten und verräucherten Gastzimmer saßen etwa zwanzig Männer ernst und schweigend beim Schein einiger Kerzen um einen langen, ungedeckten Tisch. Jeder hatte eine Kanne mit rotem Wein vor sich stehen.

Beim Eintritt Moreaus erhoben sich alle von den Bänken.

Einer sagte:

»Es lebe Moreau!«

Die andern stimmten leise ein.

Ein Platz am Tisch war freigelassen. Moreau ging auf ihn *zu* und nahm Platz.

Er sah sich flüchtig, aber aufmerksam um. Der erste, dessen Augen er begegnete, war Pichegrue, sein ehemaliger Oberfeldherr im Nordfcldzug gegen Holland. Er sah den Maler Boubourouche. Er sah viele andere, deren Namen er nicht wußte und deren Gesichter seine Erinnerung zu kennen vermeinte.

Aber oben an der Tafel saß an der Schmalseite, allein für sich, jemand, der sein Blut zu Kristall erstarren und erfunkeln machte, ein Jüngling von etwa neunzehn Jahren, schlank, verträumt, mit Händen, die wie Elfenbein unter Spitzenmanschetten lagen.

Es war der Bourbone.

Er erhob sich und ging auf Moreau zu. Sein Gang war Musik, in deren Rhythmus sich der zarte Leib wiegte. Über seine Stirne fielen dunkelbraune Locken. Seine Ohren waren klein wie die einer Maus. Seine Augen blickten ruhig und unverwirrt wie zwei Gestirne.

Er reichte Moreau beide Hände und sagte:

»Willkommen, General.«

Moreau hielt diese Hände eine Sekunde fiebernd in den seinen.

Das war das Volk nicht mehr, das er gelernt hatte zu verachten. Das war nicht der Schweiß des marschierenden Soldaten, nicht der hungrige Blick des Plünderers, grün schillernd, nicht der zitternde Sprung des Schänders, die schwelende Hand des Brandstifters.

Das war ein Engel, von Wolken sanft herniedergestiegen, durch den Nebel des Herbstes. Unerkenntlich dem großen Haufen der brüllenden Plebejer.

Das war ein Sohn der Madonna.

Wenn selbst das Volk ihn sähe – es würde ihn nicht erkennen.

Er, Moreau, war ein Auserwählter. Ein Soldat Gottes. Ein Soldat der Madonna. Ein Diener ihres Sohnes.

O selig, Diener eines solchen Herrn zu sein.

Moreau schlug den Plutarch auf und las: »So sind denn die sonderbarsten Ereignisse auch dieser Männer dargetan worden. –

Vergleicht man nun das Leben des einen mit dem Leben des anderen überhaupt und im besonderen, so fällt der Unterschied nicht so leicht in die Augen, da er unter einer Menge bedeutender Ähnlichkeiten beinahe vergeht. Wenn man aber jeden wie ein Gedicht oder Gemälde nach den einzelnen Linien und Teilen einer besonderen Prüfung unterzieht, so ist es zwar beiden gemein, daß sie ohne alle vorhandenen Hilfsmittel allein durch ihre großen Eigenschaften und Talente zu den höchsten Ämtern und dem höchsten Ansehen gelangt sind. Aber man findet auch, daß Aristeides zu einer Zeit, wo Athen noch nicht so stark und mächtig war, wo die Führer und Häupter des Volkes noch in ziemlich gleichem und ebenem Verhältnis zueinander standen, sich emporgeschwungen hat. Cato hingegen wagte es, aus dem Bauernstand heraus sich in das ungeheure Meer der Staatsverwaltung zu stürzen, die keinem mehr gestatten wollte, den Pflug mit dem Stab des Feldherrn und die Schippe mit dem Talar des Richters zu vertauschen. Eine Gesellschaft, die in ihrer Machtvollkommenheit jedem, der außerhalb ihrer stand, mit frechem Stolz begegnete.

Im Krieg waren beide unbesiegbar, aber in der Verwaltung des Staates mußte Aristeides unterliegen, da er durch Kabalen verdrängt und aus der Stadt verbannt wurde ...«

Moreau hielt inne mit Lesen. War das Vergangenheit? Zukunft? Was wußte dieser alte Grieche? Ach, daß es immer dieselben Menschen gibt, und daß auch die außergewöhnlichen noch sich gleichen wie ein Ei dem andern. Mit dem Unterschiede, daß der eine ein Kiebitzei und der andere ein Kuckucksei ist ...

Ich bin, wie es scheint, ein Kuckucksei. Mich hat der Vogel Zeit in ein falsches Nest gelegt – Moreau las weiter:

»Daß der Mensch keine vollkommenere Tugend besitzt als die politische, darüber ist sich jedermann klar ...«

Eben diese Tugend habe ich nicht. Ich glaubte einmal, sie zu besitzen, als ich in Reimes die Studenten organisierte. Als ich vom Balkon die Prozession des Volkes schreiten sah. Es war der Rhythmus der Masse, das Soldatische, das mich begeisterte. Die Buntheit des Tuches. Der Wunsch, den Farben, Klängen, Bildern zu befehlen.

Ich habe nur eine Tugend: die soldatische.

Und alle Fehler: die soldatischen.

Der gesetzgebende Rat gab den Generälen Moreau und Bonaparte am 4. November ein Fest im Siegestempel.

Der 4. November war zufällig Moreaus Geburtstag.

Moreau sprang wie ein kleiner Junge durch das Fest.

Er tanzte mit Christophe und stellte ihn allen Leuten als seinen Sohn vor.

Eine Dame schwebte von der Estrade herab.

Ihre Augen treffen sich. Verbrennen ineinander.

Glück einer Sekunde. Glück einer Ewigkeit.

Die Kronleuchter läuten.

Viktoria! Viktoria! Sieg!

Man hatte ein Hoch auf Moreau ausgebracht. Aber Moreau hat es überhört. Er sieht nur die Dame. Die schwebt näher. Ihr Engelsantlitz schrumpft zusammen. Ihre funkelnden Hände werden matt. Ihr heller Hals schimmert ölig und speckig. Ein törichtes Vergnügen umspielt ihren schiefen Mund.

Es ist Jeannette.

Gleichzeitig mit ihr tritt ein weicher, wohlbeleibter Herr an ihn heran.

Er stellt sich ergebenst vor. Es ist der schweizerische Gesandte. Jener Welschschweizer vom Fest in Rennes.

Und Jeannette ist seine Frau.

»Wir standen uns einmal mit den Waffen in der Hand gegenüber, mein General. Als wir jung waren.«

Moreau denkt: Als wir jung waren –

Jeannette ist beglückt.

Moreau stützt sich auf Christophe.

»Ich bin Ihnen dankbar, daß Sie mich damals zum Kampf zwangen. Ich habe mir meine Frau erkämpft, im Kampf gegen Sie.«

Jeannette lächelt.

»Sie haben mich gelehrt, ihren Wert zu erkennen.«

Moreau sieht den Wald von Rennes:

»Ich glaubte damals an Gerechtigkeit. Und zog nur für eine Dame dieses Namens den Degen.«

Der Schweizer stimmte verbindlich zu:

»Sie haben immer für Gerechtigkeit gekämpft. Moreau und Recht sind Synonyme.«

Moreau betrachtet Jeannette.

Christophe lächelt vergebens seitwärts.

Sie ist wieder ein wenig von mir weggetreten. Distance, Madame, Distance – und Sie sind mir wieder nah. Distance, Madame, ein wenig mehr – und ich bin bereit, meinen Degen zu ziehen, nicht für die Gerechtigkeit, nicht für Sie, Madame, für mich ... für mich ganz allein.

Jeannette versinkt in Erinnerung und Tränen.

Moreau blickt in die Höhe.

»Madame ist nicht wohl.«

Der Schweizer ist um Jeannette besorgt.

»Mein Liebling – du fühlst dich schlecht?«

Jeannette erwacht.

»Bring' mich nach Hause, Adolphe. Ich habe Kopfschmerzen.«

»Tausend Verzeihung, mein General. Auf Wiedersehen.«

Moreau steht hinter einem Vorhang und beobachtet die Straße.

Es regnet. Zwischen den Tropfen glitzern da und dort einige Schneeflocken. –

Jetzt treten sie aus dem Portal.

Sie steigen in einen Wagen.

Der Pöbel brüllt.

Das Pflaster klappert an den Hufen.

Eine Hand legt sich leicht auf seine Schulter.

Er wendet sich um.

Es ist Christophe.

Er steht wie ein Erzengel in seidener Rüstung vor ihm.

Seine Augen leuchten.

»Du hast Wein getrunken?«

Christophe nickt.

»Ich bin froh und traurig zugleich.«

»Hast du mit einem kleinen Fräulein getanzt?«

»Sie wollten alle mit mir tanzen. Aber ich wollte nicht. Ich war bei dem großen Mann und habe ihn sprechen hören. Er hat mir Wein eingeschenkt, und ich habe auf sein Wohl trinken müssen.«

Moreau krampft sich mit den Fäusten in den schwarzen Samtvorhang.

»Du warst bei Bonaparte?«

»Ja. Ich hörte seine Stimme von weitem und ging auf sie zu. Ich wollte ihn nur sprechen hören, sonst nichts. Er sagte zu mir, daß ich ein gentiler Junge sei. Und wem ich gehöre. Ich sagte ... Ihnen.«

Moreaus Spannung löst sich. »Hast du das gesagt? Ist das wahr?«

Der Knabe nickt.

»Es ist wahr.«

»Gesteh's, daß er dich mir rauben will.«

»Er will es vielleicht, aber er wird es nicht können. Denn ich werde nicht mehr sein. Ich liebe Sie. Aber Sie lieben mich nicht mehr.

Oh, widersprechen Sie mir nicht. Sie versuchen nur noch, mich zu lieben.«

Moreau traten Tränen in die Augen.

»Christophe, begreife meinen Schmerz. Du entschwindest mir.«

»Ich würde vielleicht wünschen, bei Bonaparte zu bleiben. Aber er ist vom Volk. Und das Volk liebt mich nicht. Ich bin zu krank für seine Liebe. Er würde mich nicht mit Händen, er würde mich mit Pranken anfassen. Jeder Handdruck würde mir Blut entpressen.«

Moreau verbarg sein Gesicht.

Christophe zog seine Flöte.

»Denken Sie manchmal an mich, wenn Sie nicht schlafen können.«

Wie der Erzengel Raffael drehte er sich silbern vor dem schwarzen Himmel des Vorhangs, in den voreilig sich die Nacht verwandelt hatte, und blies und sang:

> »Ich bin von Menschen so verlassen, daß
> Zwei milde Mäuse nun mein Spielzeug sind,
> Aus grauem Stoff ersonnen, und von Glas
> Die schwarzen Augen, funkelnd, aber blind.
>
> Auf sich beschränkt, ist rings die Welt so tot,
> Wie diese Mäuse sind: des Unseins Raub.
> Aus grauem Stoff verfertigt, blind und taub,
> Erkennet eines nicht des andern Not.
>
> Verstehet eines nicht des andern Wort,
> Fühlt eines nicht des andern Herzens Schlag.
> Und also ist ein jegliches verdorrt;
> Und alles ist nur eines: Nacht und Tag.

Im Gewühl des Festes treffen sich zwei Bürger.

Stutzen.

Treiben aneinander vorbei.

Wenden.

Sie suchen sich mit den Augen zu fassen. Funkeln eitel und ehrgeizig wie zwei Pfauen.

Der eine packt den andern vorsichtig bei der Hand und führt ihn in eine Nische.

»Gevatter Spiegelfechter?«

»Gevatter Wolkenkämpfer?«

»Wie steht das werte Befinden?«

»Das Ihre, mein Herr?«

»Sehen Sie noch immer in allen Spiegeln sich selbst und schlagen Sie sich mit Ihren eigenen Grimassen herum?«

»Rufen Sie noch immer Wolken vom Himmel, um Frankreich zu verdüstern?«

»Ich lasse regnen auf Frankreich. Frankreich ist fruchtbare Erde. Frankreich soll Frucht tragen. Meine Frucht.«

»In meinem Spiegel soll Frankreich sich erkennen – und es wird sich entsetzen vor seinem Bildnis.«

»Wir kennen uns ...?«

»Ewig...«

»Als Brüder?«

»Als Brüder!«

»Als Feinde?«

»Als Feinde!«

Gelächter plätschert wie ein Springbrunnen.

Tanz der Eulen und Schmetterlinge. Ein Menuett von Rosendüften.

Moreau und Bonaparte schütteln sich die Hand.

Moreau löst am 18. Brumaire mit einem Kommando Musketiere das Direktorium auf.

Bonaparte tritt seine Diktatur an.

Er fährt am Nachmittag in einer mit vier Schimmeln bespannten Karosse bei Moreau vor.

Moreau liegt müde auf einem persischen Diwan.

Die Kerzen sind halb heruntergebrannt. Schwere Schatten fallen über die aufgeschlagene Bibel.

Bonaparte ist von einem flackernden Gefolge von Offizieren und hohen Beamten umgeben.

Moreau erhebt sich fragend aus den Kissen.

Ein Offizier im Dreispitz nähert sich mit einem goldbestickten seidenen Polster, auf dem zwei mit Diamanten besetzte Pistolen ruhen.

Bonaparte spricht mit seiner rauhen, blechernen Stimme:

»Einige Ihrer Siege, Bürgergeneral, sind darauf eingraviert, aber nicht alle, sonst hätten keine Diamanten mehr Platz gefunden. Erlauben Sie mir, mit dem Dank des Vaterlandes Ihnen zugleich meine Bewunderung für Ihre Feldherrntugenden auszusprechen. Mein Feldzug in Italien war der eines jungen Mannes. Der Ihre war der eines vollendeten Feldherrn – des Soldaten an sich.« –

Die Wachskerzen flattern.

Sie duften wie ferne Jugend.

Bonaparte hat recht.

Ich bin ein Feldherr. Kein Weltherr. Er ist ein junger Mensch. Und jungen Menschen gehört die Welt.

Moreau verneigt sich.

»Verbindlichen Dank, Konsul, für die Ehrenpistolen. Ich darf den Aufwand dieser Feierlichkeit, den Sie mir zu widmen geruhen, vielleicht mit einer Zeremonie verbinden, die ich schon seit langem plane. So habe ich es nicht nötig, zu meiner Szene mir erst das Publikum zu suchen, dessen ich bedarf. Einen Augenblick, meine Herren.«

Moreau schellt.

Christophe erscheint.

»Ruf mir den Koch – und bring' mir das goldene Kasseroll, das heute morgen erst der Goldschmied sandte.«

Der Knabe enteilt. Bonaparte wartet verbissen.

Das Gefolge steht stumm und betroffen.

Der Koch schwankt durch die Tür. Behäbig und lebhaft. Ein Südfranzose. Wie eine weiße Wolke kriechend. Er tanzt seine Reverenzen.

Christophe trägt auf einem dunkelgrünen Samtpolster ein goldenes Kasseroll.

»Meine Herren. Der Konsul war so gütig, mir soeben in seinem und des Vaterlandes Namen ein paar Ehrenpistolen zu verleihen für Verdienste, die ich vor mir selber nur als Pflicht und Notwendigkeit anerkennen kann. Ich bin ein Mensch der Tat. Ein Mann des scharfen Schwertes. Ein Soldat. Die Gabe der Phantasie, des Traumes am Tage, wurde mir nur spärlich zugemessen. Dieser Mann allein (und Moreau deutete auf den Koch, der sich schwänzelnd verbog und verbeugte) vermochte zuweilen sie aus meinem Herzen hervorzulocken: durch eine Sarabande von Poularde, durch ein Scherzo von Salat, durch ein Omelett, leicht und wehend, als esse man eine süße Wolke. Er ist ein wahrer Künstler – an Erfindung und Kraft. Ich gestatte mir, mein lieber Guy, dir vor den Augen dieser erlauchten Versammlung dieses goldene Ehrenkasseroll zu überreichen. Möchtest du dich seiner würdig erzeigen.« –

Christophe kniet vor dem Koch nieder.

Der hüpft verlegen, ratlos und beglückt im Kreis.

Bonaparte beißt die Lippen aufeinander.

Das Gefolge zittert.

Bonaparte lächelt.

»Ich habe eines vergessen, Bürgergeneral. In meinem Namen und im Namen des Vaterlandes übertrage ich Ihnen den Befehl über die Rheinarmee.«

Moreau fällt ermattet und erblaßt in die Kissen.

Das Gefolge lächelt.

Christophe zittert.

Der Koch tanzt mit dem goldenen Kasseroll Menuett.

Bonaparte winkt Christophe.

»Deinem Herrn ist nicht wohl. Bring' ihm ein Glas Wasser.«

Er verneigt sich.

Man geht.

Moreau friert.

Befehlshaber über eine Armee, die nicht existiert.

Er ist mir über.

Er kann fliegen.

Ich kann nur gehen. Allerdings auf zwei festen Beinen.

Die Kerzen verlöschen.

Er liegt im Dunkel.

Er zieht sich eine Decke über die Augen, um das Dunkel noch zu verdunkeln.

Die Nacht bricht an.

Er liegt die ganze Nacht wach.

Wo steckt der kleine Bourbone?

Er ist ein anmutiger Herr. Ich muß ihn wieder einmal sehen.

Seine Hände sind gewiß nur da, um zu spielen. Aber Spiel ist heilig, wenn ein Heiliger spielt. –

Im rosagrauen Frühlicht hallen Schritte durch die Korridore.

Schreie stolpern die Treppe hinab. Die Wände bersten vor Schmerz. Wehklagen winselt um die Säulen. Die Amoretten an den Decken weinen.

Eine Stimme bellt. Wie ein Hund. Unaufhörlich:

»Moreau ... Moreau.«

Echo erwidert aus einem andern Stockwerk:

»Moreau ... Moreau.«

Grau, bleich und übernächtig springt Moreau in den Haufen der Diener.

»Was ist ...?«

Entsetzen lahmt ihre Zungen. In ihren Blicken dreht das Grauen grauenvolle Spiralen.

Ein alter Diener jenseits der Qual des Lebens ermannt sich:

»Guy, mein General, ist verrückt geworden ...«

»Welcher Guy ... Der Koch?«

»Der Koch, jawohl.«

»Hat ihm das Ehrenkasseroll den Kopf verrückt?«

»Wer weiß, mein Herr (und leiser Haß vibriert in seinen Worten), man soll mit Menschen nicht spielen.«

»Wer spielt mit Menschen?«

Der Alte zuckt die spitzen Achseln.

»Was hat Guy getan?«

Alles erstarrt in Schweigen. Die Menschen, die Wände, die Bilder, die Geräte, die Fenster.

Moreaus pfeifender Atem durchschneidet die leere Luft.

Da hört jemand den Springbrunnen im Vestibül leise plätschern, und plötzlich rinnen Tränen in aller Augen.

Und wie die Griechen einst um Adonis jammerten, klingt ein Wort der Klage von den blutleeren Lippen:

»Christophe.«

Moreau steht vor einem Turm. Der droht kalt und steinern.

»Was ist mit Christophe?«

Der Alte sucht wie verlorene Geldstücke einige Worte zusammen:

»Der Koch hat ...«

Moreau greift den Alten an der Gurgel und schüttelt ihn.

»Ich erwürge dich, wenn du das Wort nicht findest.«

Der Alte klappert wie ein Skelett.

Er will reden. Er holt das Wort ganz unten heraus.

Aus der Lunge. Noch tiefer. Aus den Gedärmen.

»Geschlachtet ...«

»Der Koch hat ... Christophe ...«

Moreau schließt die Augen. Er spricht das Wort selbst aus:

»Geschlachtet.«

Und da der Diener erst das eine entsetzliche Wort hat, findet er deren mehr und schwätzt:

»Er hat ihn in dem goldenen Kasseroll ... gekocht.«

Moreau schlägt ihm die Faust unters Kinn.

Ich böses Tier. Ich Schicksal. War der Koch nicht immer verrückt? Hat er nicht den Veitstanz in allen Gliedern? Er liebte Christophe. Gewiß. Wußte ich das nicht?

Wer liebt Christophe nicht.

Warum habe ich Christophe nicht zum König von Frankreich gemacht. Er war der Würdigste. Jeder hätte ihn geliebt. Das Volk hätte ihn vergöttert. Warum habe ich es nicht vermocht. Jetzt ist es zu spät.

Oder steckt dieser ... Bonaparte dahinter? –

Er sagt kalt und steinern:

»Was ist mit dem Koch?«

»Er verwest.«

»Wo?«

»Er fault im Eimer der Abfälle und Küchenreste.«

»Was habt ihr getan?«

»Man hat ihn erschlagen.«

»Wer?«

»Niemand weiß es ... Die Rache Gottes ...« murmelte der Alte.

Da erwachte Moreau.

Moreau fuhr nach Basel.

Er war nur noch Gedanke. Wille.

Befehl.

Ganz Eisen und Stirn.

Innerhalb dreier Monate hatte er eine Rheinarmee geschaffen.

Aus dem Nichts.

Neunzigtausend Mann.

Frankreich liebte ihn noch. Noch schworen die bärtigen Soldaten bei seinem Namen.

Bei Moreau! galt ihnen als der höchste Schwur.

Bonaparte ließ ihm den Adler der Ehrenlegion senden. Moreau hängte ihn seinem Hunde Fraternité um den Hals.

Bonaparte bot Moreau den Oberbefehl an über die Armee, die nach seinen Plänen bestimmt war, in England zu landen.

Er habe doch mal mit Kavallerie eine Flotte attackiert – vielleicht würde es ihm diesmal gelingen, mit Infanterie unangefochten über den Kanal zu schreiten. Wie einst Moses mit den Juden durch das Rote Meer schritt.

Moreau antwortete auf Bonapartes Anfrage nicht.

Er kehrte nach Paris zurück, wo er ständiger Besucher im Bordell der Madame Richepin wurde. Er ließ sich den Tanz der Ornamente von sechs Mädchen vortanzen und unterhielt sich mit einer Spanierin, deren Haare wie dunkelgrüner Tang an ihrem Scheitel klebten und deren Liebkosungen er bis zu einem gewissen Grade duldete.

An manchen Tagen mietete er das ganze Bordell für sich, ließ alle vierundzwanzig Mädchen nackt antreten und exerzierte sie nach soldatischer Manier.

»Vorwärts marsch.«

»Rechtsum kehrt.«

Er ernannte Unteroffiziere und die tanghaarige Spanierin zum Hauptmann.

Er verlieh bunte Ehrenstrümpfe und Ehrenhaarbänder.

Er ließ Schlachten schlagen und sah dem Getümmel nackter Frauenleiber interessiert zu.

»Recht so, Marion. Beiß der Henriette die Brust ab.«

Wenn über ihre Brüste und den Rücken herab Blut floß, glänzten seine Augen.

Aber er schlug niemals eine Frau mit eigener Hand.

»General Moreau ist ein unartiger Liebhaber«, meint Madame Richepin. »Er strapaziert meine Kinderchen zu sehr. Es tut ihnen nicht wohl, mit General Moreau zusammen zu sein. General Moreau, sagt die kleine Spanierin immer, ist ein Schwein. Und das mag stimmen. Er ist ein Knicker und zahlt nur gerade den Preis, den ich ihm mache.«

Als Moreau eines Tages das Bordell der Madame Richepin durch eine Hintertür verließ, wurde er auf Befehl des Diktators Bonaparte verhaftet und in den Tempel gebracht.

Bonaparte beschuldigte ihn des Vaterlandsverrates und der Konspiration mit den Bourbonen. Er benannte als Zeugen Moreaus Adjutanten Rapatel, und berief sich auf eine Unterhaltung, die er beim Siegesfest mit dem nunmehr verstorbenen Pagen Christophe des Generals Moreau geführt habe.

Weitere Zeugen fanden sich.

Jedermann fürchtete, Moreau werde im Gefängnis vergiftet werden.

Da meldeten sich, unter der Führung eines alten Korporals, sechzig Soldaten von der Gendarmerie d'Elite, um freiwillig Wache bei Moreau zu halten und ihm Speise mit ihren eigenen Händen zuzubereiten.

Sie erboten sich, das Tor des Gefängnisses zu zerbrechen.

In der Abenddämmerung, am Tage vor der Gerichtssitzung, tauchten vermummte Gestalten in seiner Zelle auf. Man hatte Mühe, Moreau zu wecken.

Er schlief schnarchend auf einer Holzpritsche.

»Auf,« riefen die Vermummten, »auf zur Freiheit! Das Volk wartet!«

Der eine Vermummte schlug schlank die Kapuze zurück.

Er beugte sich vertraulich wie ein Bruder über Moreau, und seine edle Stimme fragte:

»Erkennen Sie mich nicht, General?«

Moreau strich sich über die Wimpern.

Er meinte zu zaubern.

Es war der Bourbone.

Seine hohe Stirn leuchtete wie eine blasse Ampel im Dunkel der Zelle. Seine Stimme klang wie eine Glocke vom Turm.

Dies ist die ewige Lampe. Ich trage ihr Feuer nicht auf meiner Stirn.

Er sagte:

»Sire, verzeihen Sie, ich habe keinen Herrn mehr. Mein Koch hat ihn erschlagen und in einem goldenen Kasseroll gekocht. Mich ekelt dieses Volk, für das jeder Herr zu schade ist. Und gar ein holder Herr wie Sie. Ich war ein milder Soldat. Ich bereue es. Weshalb habe ich das Volk, dieses stinkende Gewürm, nicht niederkartätschen lassen, als ich die Macht hatte. Denn, Sire, ich habe keine Macht mehr.«

»Sie werden wieder mächtig werden. Durch die Liebe des Volkes, dem Sie in Ihrer Not unrecht tun. Man liebt Sie im Volk.«

»Sire, das Volk liebt den, den es fürchtet. Das Volk liebt Bonaparte. Ich habe stets einen eigenen Kopf gehabt und nach ihm gehandelt. Der Pöbel schwärmt für mich, weil ich bald keinen Kopf mehr haben werde.«

Moreau drehte sich der Wand zu: »Ich bin müde, Sire. Lassen Sie mich schlafen.«

Es bildete sich eine Verschwörung, Moreau gewaltsam zu befreien, falls er zum Tode verurteilt werden sollte.

Im Gerichtssaal begaben sich die Verschworenen, verkleidete Offiziere der Rheinarmee, auf ihren Posten.

An bestimmten Plätzen wurden zwei Wagen bereitgehalten. Zweiundneunzig gesattelte Pferde waren an verschiedenen Orten verteilt.

Bonaparte hielt sich am Tage des Gerichtes verborgen.

Er hatte Dutzende von anonymen Drohbriefen empfangen.

Er durfte es nicht wagen, Moreau zum Tode zu verurteilen.

Moreau wurde vom Gericht zu drei Jahren Gefängnis verurteilt. –

Moreau nahm den Urteilsspruch schweigend und verächtlich hin.

Dann wandelte er, ohne ein Wort zu sagen, durch den Gerichtssaal: durch die Menge, die ihm ehrerbietig und verwundert Platz machte. Er stieg langsam die Treppe des Justizpalastes herab und sah sich auf der Straße.

Er sah sich allein und von niemand verfolgt.

Paris begünstigte seine Flucht.

Moreau ging, sich leicht auf seinen Stock stützend, durch die leeren Straßen und rief zuweilen ein Haus an, ob es ihn nicht arretieren lassen möchte.

Endlich traf er eine Droschke.

Er winkte ihr.

Sie hielt.

Er befahl ihr, ihn auf dem kürzesten Weg in den Tempel *zu* fahren. Er meldete sich selbst als Gefangener an.

Im kaiserlichen Moniteur vom 21. Juni war ein Schreiben abgedruckt, in dem der Exgeneral Victor Moreau den Kaiser um Erlaubnis bat, in freiwillige Verbannung nach Amerika gehen zu dürfen. Diese Erlaubnis wurde ihm erteilt.

In der Nacht vom 21. zum 22. Juni wurde Moreau von Soldaten Bonapartes trotz seines heftigen Widerstandes aus dem Tempel geraubt und in eiligen Stafetten über die Grenze nach Spanien geschafft.

Moreau lachte.

»Dieser Bonaparte glaubt mir die Freiheit zu schenken, weil ihn die öffentliche Meinung dazu zwingt.«

Voll guter Laune, einen blauen Himmel über sich, traf Moreau in Barcelona ein.

Daß ich mich so wohl fühle, dachte Moreau grimmig, das ist die den Ärzten so wohlbekannte Euphorie, das Glücksgefühl des Sterbenden.

Apfelsinenverkäufer schnarrten wie aufgezogenes Blechspielzeug um ihn herum.

Kleine Jungen schlugen gegen Entgelt strahlende Purzelbäume.

Glitzernde Damen mit wogendem Steiß strichen die Straßen entlang.

Herren mit sausenden Blicken und rollenden Mänteln tanzten dunkel und schwarz im Schatten.

Barcelona kreischte bunt wie ein Käfig voll Papageien.

Hier gibt es scheinbar keine Soldaten, dachte Moreau. Das Volk ist von selber laut und bunt genug.

Er fuhr in einem holprigen Karren, über den zum Zeichen der Eleganz violette seidene Decken gebreitet waren, zur Arena hinaus.

Ach, wieder einmal Blut sehen!

An einem lebenden Körper Blut fließen sehen!

So wie der Stier blutete auch er. An der Stirn.

Aber niemand wußte es.

»Entschuldigen Sie, Sennorita,« wandte er sich an eine junge Dame, die neben ihm saß, »wieviel Stiere werden durchschnittlich in einem Schauspiel getötet?«

»Sechs, Sennor, gewöhnlich sechs.«

Moreau wunderte sich.

Nur sechs? warum nicht hundert, warum nicht tausend?

»Sehen Sie« – die Dame zitterte – »Sehen Sie.«

Der Stier stand schnaubend in der Mitte der Arena, den Kopf gesenkt, die Augen nach innen gerichtet.

Vor ihm bewegte sich breitbeinig wie ein Fahnenschwinger der Stierkämpfer, in der Linken schwang er ein rotes Tuch, in der Rechten ein kurzes, dolchartiges Schwert.

Im Rücken des Stieres hüpften die Gehilfen des Torero und stachen den Stier mit Messern und widerhakigen Speeren in die Flanken.

So also sieht das Schicksal aus, dachte Moreau.

Das Blut rann am hellbraunen Fell des Stieres in heißen, dunkelbraunen Bächen.

Der Stier rührte sich nicht.

Dann senkte er tiefer den Kopf.

Der Torero hob gerade die rote Fahne, da drehte er sich schon in der Luft um sich selbst und platzte platt auf den Boden.

Sein Bauch barst.

Um die goldenen Schnüre seiner Uniform ringelten sich die Gedärme.

Ein wollüstiger Schrei des Entsetzens lief rund um die Arena.

Der Stier stand unbeweglich wie zuvor schnaubend in der Mitte der Arena, den Kopf gesenkt, die Augen nach innen gerichtet.

»Bravo«, klatschte Moreau.

Moreau schiffte sich in Cadiz auf der »Blanchette« ein.

Sie war ganz weiß gestrichen und am Bug mit zierlichen grünen Arabesken gezeichnet.

Welch ein hübscher Vogel!

Er wird mich auf seinen Schwingen in die Neue Welt tragen.

Als Moreau in New York landete, tobte ein ungeheuerer Aufruhr in ihm.

Die Fahrt war stürmisch gewesen, und seine Sinne waren vom Ozean gepeitscht.

Werde ich noch einmal branden und rauschen?

Er mußte den Niagarafall donnern hören und fuhr in Eilposten dorthin.

Es war nachts, als er am Niagara eintraf.

Der Vollmond flimmerte über dem Wasser wie eine weiße Sumpfblüte.

Er hörte ein Geräusch, als hämmere jemand fern an Eisentüren, die sich ihm nicht öffnen wollen. Unaufhörlich.

Jemand klopft an das Tor der Erde! Macht auf!

Das Geräusch tobte und raste näher.

Moreau trieb den Kutscher zu fiebernder Eile. –

Er stand am Niagarafall.

An eine Buche gelehnt, sah er in den zischenden und brodelnden Kessel.

Der Mond rührte mit seiner Kelle funkelnd darin herum.

Für welchen Festschmaus kocht ihr diese Terrine Wasser zusammen? Wie? Ich hätte nicht übel Lust, diese heiße Suppe zu probieren.

Ach, ganz und gar zerdrückt, zerstoßen, zerkocht, zerfleischt, vergeistigt zu sein.

Sieh: ich brause wie du. Noch immer. Ich habe noch einen Feind.

Ich brauche einen Feind zu meinem Tode.

Und du, singendes Gefäll, wärst eher mein Freund, mein Bruder, mein erhabeneres Echo zu nennen.

Noch einmal muß ich zurück ins Leben.

Der Weg ist nicht mehr weit.

Nur einige Schritte noch durch den Wald, über den Hügel: da winkt schon die Lichtung, die ewige Wiese, die milde Ruh', der Gott.

Moreau kaufte sich ein kleines Landgut, sechzig Stunden von New York und dreißig von Philadelphia gelegen, unterhalb eines kleinen Wasserfalles des Delawarestromes. Ich muß wenigstens ein Abbild des Niagara in meiner Nähe haben. Wenn ich schlafe, will ich ihn von weitem rauschen hören.

Er stand stundenlang am Fluß und angelte. Die Fische, die er fing, warf er auf die Wiese hinter sich, wo sie vertrockneten.

Er ging täglich auf die Jagd und schoß an Tieren alles, was in den Bereich seiner Büchse kam.

Er schoß Hasen, Hirsche, Spottdrosseln, Kaninchen, Büffel, Ratten.

Die Kadaver ließ er, wo sie gefallen waren, verwesen.

Er überlegte, ob es nicht möglich sei, durch ein geeignetes Gift alle Fische im Delawarestrom zu vergiften.

Alle Vögel in der Luft durch Gaswolken zu töten.

Ob es nicht möglich sei, den Delawarewald anzuzünden, ihn mit allen seinen Inwohnern, Tieren und Indianern, zu verbrennen.

Eines Tages erfuhr er, daß die Delawareindianer das Kriegsbeil gegen die Schwarzfußindianer ausgegraben hätten.

Er ließ ein Pferd satteln und ritt in die Wälder.

Er traf die Delawareindianer. Es gelang ihm mit Mühe, dem Tod am Marterpfahl zu entgehen und sich dem Oberhäuptling »Springender Hirsch«, der ein wenig Englisch radebrechte, verständlich zu machen.

Der Häuptling, der endlich begriff, daß er den großen weißen Häuptling »Singendes Blut« vor sich hatte, von dessen blutdürstigen Neigungen die Sage auch zu ihm gekommen war, zeigte sich sehr erfreut über das Angebot Moreaus, die Führung eines Stammes der Delawareindianer zu übernehmen.

Moreau trat nach Erledigung einiger Formalitäten in die Gemeinschaft der Delawareindianer ein, worauf ihm der Oberhäuptling die Häuptlingswürde verlieh.

Es gelang dem »Singenden Blut«, die Schwarzfußindianer vollkommen einzukreisen.

Sie wurden mit Stumpf und Stiel, mit Weibern und Kindern, ausgerottet.

Den Skalp des Oberhäuptlings der Schwarzfußindianer am Gürtel, kehrte Moreau in sein Landhaus am Delawarestrom zurück.

Der Oberhäuptling der Delawareindianer gab ihm seine Tochter Hau-Ri, das heißt: »Zarter Sinn«, zur Frau.

Sie war sechzehn Jahre alt und schön und unwissend dieser Welt.

»Du darfst sie lieben«, raunte der Häuptling. »Aber wisse: unsere Medizinmänner haben gesagt, daß sie sterben muß, wenn sie ein Kind gebiert.«

Moreau las vom russischen Feldzug Bonapartes. Er hatte Bonapartes Lauf auf das eifrigste verfolgt.

»Der große Mann macht sich diesmal sehr klein«, wimmerte er fröhlich.

Hau-Ri sah ihm über die Schulter.

»Was hast du da?«

»Ein Buch.«

»Was ist das? Was tust du damit?«

»Den großen Geist befragen.«

»Aber hast du nicht ein Herz?«

»Ich habe kein Herz, kleine Hau-Ri. Ich habe nur Umarmungen, die dich streicheln, Augen, die dich lieben, und Hände, die zum Töten geboren sind.«

»Warum bist du so wild und so mild, so gut und so böse zugleich? Und welchen großen Mann meintest du vorhin, über den du den großen Geist befragen willst?«

»Der große Mann, das ist mein Feind.«

»So willst du wieder auf den Kriegspfad ziehen?« fragte Hau-Ri erschrocken.

»Vielleicht,« seufzte er, »denn ich muß den Kreis, den mir der große Geist vorgezeichnet hat, vollenden.«

Hau-Ri schüttelte den Kopf.

Sie blickte in den Wald und horchte auf seine Geräusche. Dann ging sie an den Wasserfall, um den Strom reden zu hören, denn Moreau redete Unbegreifliches und sang zu ihr wie ein fremder Vogel.

Eines Nachmittags stieg ein Mann im schwarzen Mantel über die Mauer, die Moreaus Landhaus umfriedete.

Hau-Ri sah ihn schon, wie er den Hügel herabkam, und schrie.

Er verdunkelte die Sonne, und sein Mantel warf einen wehenden Schatten.

Moreau trat aus dem Haus.

»Kreuzt Ihr wieder meinen Weg? Wie habt Ihr bis hierher gefunden? Ich war vor Euch geflohen.«

»Ich finde immer zu Euch«, sagte der Mann im Mantel. »Hört, was ich Euch zu berichten habe. Napoleon ist in Rußland aufs Haupt geschlagen. Sein Heer vernichtet, wie Mürbeteig zerrieben. Frankreich harrt Euer. Eine Revolution ist am Werke. Man wird Euch zum Präsidenten der provisorischen Regierung erwählen. Eilt. Laßt Euer Vaterland und Euer Schicksal nicht warten.«

Der Mann schlug den Mantel enger um sich, und die Dämmerung entzog ihm seine Konturen.

»So hat der Polarstern dem Bonaparte ein böses Licht aufgesteckt. – Was ist mit meinem Stern, der Wage? Wohin schwankt sie? Auf welche Seite neigt sie sich?«

»Bleibe hier«, sagte Hau-Ri leise.

»Kind,« sagte er, »ich würde dich töten, wenn ich dich wahrhaft liebte.«

»Liebe mich«, flüsterte Hau-Ri.

Der Mann im Mantel sprach weiter. Es wurde dunkel, und die Nacht sprach *zu* Moreau:

»Rußland, Preußen, Schweden, Österreich verbinden sich gegen Bonaparte. Ich habe eine Botschaft des russischen Kaisers Alexander an Euch. Er hat die Gewogenheit, Euch in das Hauptquartier der Alliierten zu laden. Er bittet Euch, den Verbündeten Euer Genie nicht vorzuenthalten. Eine hohe, überragende Stelle an der Spitze der verbündeten Heere ist Euch gewiß.«

Moreau lauschte verzaubert.

Das braune Mädchen, der hohe Mond, der Mann im Mantel bewegten sich wie Schatten seiner Phantasie.

Endlich eine Möglichkeit, dem Haß die wirkliche Tat zu leihen. Das Gefäß, das danach dürstete, bis an den Rand mit Blut zu füllen.

Oh, wie er lechzte nach Blut und Tod.

Oh, wie er dieses Frankreich haßte.

Wie er gedachte es auszurotten von seinem peinlichen Pöbel wie das Geschlecht der Schwarzfußindianer.

Er wollte es vernichten, dieses Frankreich, und seinen Inbegriff: Bonaparte.

Ich werde an der Spitze eines fremden Heeres in mein Vaterland einziehen und werde es demütigen und knechten, wie nie ein Volk erniedrigt wurde.

Moreau schiffte sich auf der »Blanchette« nach Europa ein.

Sie war ganz weiß gestrichen und am Bug mit zierlichen roten und grünen Arabesken geschmückt.

»Sieh, Hau-Ri, welch ein hübscher Vogel! Er wird uns bald auf seine Fittiche nehmen und in unsere Heimat tragen.«

Moreau traf am 7. August über Schweden in Stralsund ein. Er reiste sofort nach Berlin weiter. Seine Reise glich einem Triumphzug.

Ein Augenzeuge berichtet:

»In einfacher, bürgerlicher Kleidung erschien Moreau so anspruchslos, wie sein ganzes Wesen wirkte. Auf seinem freundlichen, geistvollen Antlitz lag jene Ruhe des Gemütes ausgebreitet, die den Hauptzug seines überaus liebenswürdigen Charakters bildet. Doch konnte man auch die Spuren nicht verkennen, welche die Pflüge des Schicksals darauf zurückgelassen hatten.

In seine Stirn, die sich in scharfe Falten legte, war das Kreuz des Dulders eingedrückt. Unwiderstehlich fühlte man sich durch seine Offenheit angezogen, aus der eine schöne Seele wie aus einem reinen Spiegel strahlte.« –

Tags darauf reiste Moreau ins russisch-preußische Hauptquartier ab.

Er traf mit Alexander von Rußland, Franz I. von Österreich und Friedrich Wilhelm III. von Preußen zusammen.

Franz schüttelte ihm die Hand und dankte ihm für die Milde, mit der er einst in seinem siegreichen Feldzuge seine österreichischen Staaten behandelt habe.

»Verläßt man«, sagte Moreau, »nach Jahren einsamer Betrachtung ein Land wie Amerika, so kann dies nur geschehen, um der Welt den Frieden zu geben oder in ihr umzukommen.«

Alexander umarmte ihn und hatte eine zweistündige Unterredung mit ihm.

Moreau schlug vor, Bonaparte bei Dresden anzugreifen.

Die Marschrichtung sowie das Kommando der einzelnen Armeen wurde im Kriegsrat genau festgesetzt.

Dresden war bis auf die Ausgänge der Friedrichstadt eingeschlossen.

Es war dem linken Flügel der Verbündeten noch nicht gelungen,
auf dieser Seite weit genug vorzustoßen.

Um 3 Uhr nachmittags setzte der allgemeine Angriff ein.

Ein feiner Regen rieselte wie Nebel nieder.

Moreau und Kaiser Alexander hielten hinter einer preußischen
Batterie auf den Recknitzer Höhen, gegen welche zwei französische
Batterien von der alten Garde aufgefahren waren.

Moreau zügelte gerade sein Pferd, um die Stellung zu verlassen,
als eine dritte seitwärts in einem Hohlweg verschanzte französische
Batterie den ersten Schuß abfeuerte.

»On l'aura«, wandte sich Moreau auf dem schmalen Pfad halb
rückwärts zum Kaiser.

Da brachen Pferd und Reiter zusammen.

Moreau schlug mit der Hand in die Luft.

Die Bretagne blendete.

Mütterliche Güte strich über seine Stirn.

Seine Wimpern zitterten. Er wollte weinen.

Aber er schlief ein.

Seine beiden Füße waren ihm vom Leibe gerissen.

Über seine Leiche hingebückt gab die kleine Indianerin einem
Kinde das Leben und starb.

Bauern aus Recknitz nahmen sich des Kindes an.

Was aus ihm geworden ist, ob es ein Knabe, ob es ein Mädchen
war, niemand weiß es.

Bonaparte ließ sofort durch Armeebefehl das Heer vom Tode des
Landesverräters Moreau in Kenntnis setzen:

»Die erste Kugel, die die französische Gardeartillerie bei der Verteidigung Dresdens abschoß, fällte den Deserteur Moreau, ehemals General in meinen Diensten. Er verlor beide Füße, damit er nicht mehr nach Frankreich gehen und die Luft seines Vaterlandes mit seinem Atem verpesten könne. Gefoltert von den Schmerzen seines Leibes, der Reue über sein verfemtes Sein, verreckte er in den Armen des asiatischen Zaren als ein Verräter der französischen Kultur, gehaßt von seinen früheren, verachtet von seinen jetzigen Freunden, geliebt von niemand.

Soldaten! Der Himmel gab uns ein gutes Zeichen! Unser ist die Gerechtigkeit! Wir werden den vielfach überlegenen Feind niederringen.

Wir wollen, sollen, müssen und werden siegen!

Vorwärts!

Es lebe Frankreich!«

So oft Bonaparte schlecht schlief und sich von unheilvollen Träumen, wie Schwärmen schwarzer Raben, bedrängt und geängstigt sah, sagte er leise zu seinem Kammerdiener:

»Moreau se remue dans son tombeau.«

»Majestät,« erwiderte der devote Mulatte, »die Soldaten behaupten, das Skelett von Moreau führe, ein blutendes Mal in der Gestalt eines Kreuzes auf der Stirn, auf einem weißen Schimmel reitend, die Reihe der Verbündeten an.«

»Rüstern,« meinte Bonaparte und blickte trübe in den grauenden Morgen, »wenn die Soldaten das verfluchte Gespenst gesehen haben, so wird es wahr sein.«

Über tredition

Eigenes Buch veröffentlichen

tredition wurde 2006 in Hamburg gegründet und hat seither mehrere tausend Buchtitel veröffentlicht. Autoren veröffentlichen in wenigen leichten Schritten gedruckte Bücher, e-Books und audio-Books. tredition hat das Ziel, die beste und fairste Veröffentlichungsmöglichkeit für Autoren zu bieten.

tredition wurde mit der Erkenntnis gegründet, dass nur etwa jedes 200. bei Verlagen eingereichte Manuskript veröffentlicht wird. Dabei hat jedes Buch seinen Markt, also seine Leser. tredition sorgt dafür, dass für jedes Buch die Leserschaft auch erreicht wird.

Im einzigartigen Literatur-Netzwerk von tredition bieten zahlreiche Literatur-Partner (das sind Lektoren, Übersetzer, Hörbuchsprecher und Illustratoren) ihre Dienstleistung an, um Manuskripte zu verbessern oder die Vielfalt zu erhöhen. Autoren vereinbaren direkt mit den Literatur-Partnern die Konditionen ihrer Zusammenarbeit und partizipieren gemeinsam am Erfolg des Buches.

Das gesamte Verlagsprogramm von tredition ist bei allen stationären Buchhandlungen und Online-Buchhändlern wie z. B. Amazon erhältlich. e-Books stehen bei den führenden Online-Portalen (z. B. iBookstore von Apple oder Kindle von Amazon) zum Verkauf.

Einfach leicht ein Buch veröffentlichen: **www.tredition.de**

Eigene Buchreihe oder eigenen Verlag gründen

Seit 2009 bietet tredition sein Verlagskonzept auch als sogenanntes "White-Label" an. Das bedeutet, dass andere Unternehmen, Institutionen und Personen risikofrei und unkompliziert selbst zum Herausgeber von Büchern und Buchreihen unter eigener Marke werden können. tredition übernimmt dabei das komplette Herstellungs- und Distributionsrisiko.

Zahlreiche Zeitschriften-, Zeitungs- und Buchverlage, Universitäten, Forschungseinrichtungen u.v.m. nutzen diese Dienstleistung von tredition, um unter eigener Marke ohne Risiko Bücher zu verlegen.

Alle Informationen im Internet: **www.tredition.de/fuer-verlage**

tredition wurde mit mehreren Innovationspreisen ausgezeichnet, u. a. mit dem Webfuture Award und dem Innovationspreis der Buch Digitale.

tredition ist Mitglied im Börsenverein des Deutschen Buchhandels.

Dieses Werk elektronisch lesen

Dieses Werk ist Teil der Gutenberg-DE Edition DVD. Diese enthält das komplette Archiv des Projekt Gutenberg-DE. Die DVD ist im Internet erhältlich auf **http://gutenbergshop.abc.de**